AF345983

Reflejos en espejo

Reflejos en espejo

Luis A. Santamaría

Copyright © 2012 Luis A. Santamaría

Todos los derechos reservados.

No se permite la reproducción total o parcial de este libro
ni la transmisión bajo cualquier forma o a través de
cualquier medio, sin el permiso previo y por escrito del
titular del copyright.

Autor: Luis A. Santamaría

Fecha de edición: Septiembre de 2012

www.luisalbertosantamaria.com

Yo no quiero domingo por la tarde. Yo no quiero columpio en el jardín. Lo que yo quiero, corazón cobarde, es que mueras por mí.
Joaquín Sabina

1

Daniel Santos era un tipo monótono y gris.

Al menos, esas habían sido las palabras que su hermano Ricardo había utilizado para definirlo, instantes después de darle su gran noticia: la adquisición de un ático que se convertiría, con mucho esfuerzo y dinero invertido, en el mejor local de copas de todo Madrid.

Ricardo había asegurado que podía llegar a perdonarle que se perdiera su despedida de soltero, o que llegara tarde al hospital el día que nació su hija María (al fin y al cabo, solo era su sobrina. ¿Haría lo mismo el día que llegara al mundo su propia hija? Eso si algún día tenía una...) Hasta podía entender que no derramara una sola lágrima en el funeral de su madre (era un niño y no entendía bien lo que significaba eso de la muerte), o que no se hablara con su anciano padre. Pero esto había sido la gota que había colmado el vaso. ¿Esa indiferencia ante el logro de aquello con lo que Ricardo había soñado toda su vida? Según Ricardo, ese día vio en la mirada de Daniel que el futuro local de moda regentado por su hermano mayor *«le importaba lo mismo que una mierda»*. Y, realmente, no se equivocaba.

—Podrías darme la enhorabuena por lo menos. ¿Qué tal un abrazo? —le había dicho con su aire de ejecutivo trajeado—. Si no lo haces por mí, hazlo por ti, hermanito. Sal un poco, conoce gente, diviértete. O terminarás solo. Como papá.

Esa conversación tuvo lugar aproximadamente cinco meses antes de que las tropas de Estados Unidos del Este atacaran Quebec.

—¡Te ataco!

Óscar arrastró todos los cañones y caballos que tenía en esa zona del tablero hacia el territorio de Daniel, y después se le quedó mirando con el brillo en los ojos de quien está a punto de ganar una partida de casi cuatro horas.

—Eres un capullo —replicó el atacado—. Esto todavía no está decidido, pero antes traeré algo para picar.

—Eso, saca unas birras para celebrar mi inminente victoria, haz el favor.

—Pues tú podrías aprovechar para contarnos esa historia que nos has prometido antes —sugirió Kike, que para esas alturas ya había perdido casi todas sus tropas.

Daniel se levantó del sofá y se perdió en la cocina, dejando a los chicos al comienzo de lo que seguramente sería una nueva historia para no dormir.

—Chaval, no me mires con esos enormes ojos de negro, que me acojonas —oyó que le decía Óscar a Kike—. No pienso empezar hasta que Dani vuelva de la cocina.

—Mis enormes manos de negro van a acabar en tu cara como no dejes el racismo gratuito de una vez.

Ya desde la cocina, Daniel alzó las cejas y dibujó una «U» con los labios. El mal perder de Kike era ya algo habitual en las partidas de los viernes, sobre todo porque nunca ganaba.

—No digas chorradas, Kike. —Óscar había alzado la voz. ¿Se había puesto de pie? Era probable que lo hubiera hecho—. Sabes que lo digo en broma. Además, no eres negro, solo mulato.

—Soy café con leche, como casi todos los cubanos. ¿Así que no te atreves a empezar tu historia sin haber tomado algo de alcohol antes? Cobarde.

—¿Cobarde yo? Por favor. Estoy a un movimiento de conquistar el mundo entero.

—Lo que ocurre es que tu historia tiene que ver con alguna chavala, y te avergüenza contármelo en intimidad.

Desde la cocina se oyó esa risa grave y pausada que a Daniel siempre le recordaba a Jabba el Hutt. Se le ocurrió a Óscar, y a Daniel siempre le hacía sonreír, como ahora, que parecía encontrar chistes escritos en los refrescos que iba sacando del frigorífico.

Se acercó a un armario y sacó una botella de ron y otra de ginebra. Terminó con una bolsa de hielos y otra grande de patatas fritas, que derramó en un bol. Óscar había propuesto unas cervezas, pero, en una tarde de viernes como aquella, a Daniel le apetecía más una buena copa. Estaba seguro de que sus compañeros le alabarían el gusto.

Mientras servía los cubitos de hielo, fijó su mirada en una fotografía que colgaba de un imán pegado a la puerta de la nevera. En ella se podía ver a un grupo de niños en formación, vestidos con los tirantes verdes del equipo del colegio. En sus rostros había excitación. Parecían dispuestos a comerse el mundo. «Los buenos tiempos», recordó.

Por aquel entonces se divertía dándole a la pelota naranja, aunque en aquella época era más grande que su propia cabeza y casi no podía con ella. No importaba el resultado, ni la anotación personal. *No pressure, just fun*, que decían los *yankees*. No como ahora, que era incapaz de lanzar a canasta sin pensar en las consecuencias que depararía un simple fallo. Que no podía apagar la luz por las noches sin antes revivir el partido completo en su mente, repasando los errores. Que le era imposible mirarse al espejo sin preguntarse qué había hecho mal, dónde se había desviado su camino hacia la liga profesional y cómo había acabado reparando ordenadores en una tienda de barrio. Ahora se veía jodido para llegar a fin de mes mientras se autoflagelaba viendo los partidos por televisión la madrugada de los sábados.

Las sombrías reflexiones de Daniel se vieron interrumpidas al darse éste cuenta de la cantidad de ginebra que estaba sirviendo en una de las copas: algo superior que la de las otras dos, y exageradamente mayor de la recomendada. «Ésta será para Óscar, así su historia será más divertida —pensó—. Puede que hasta se le olvide atacar Quebec.»

Los últimos resquicios de luz de la tarde se asomaban por la ventana, y la agradable brisa de finales de septiembre casi transformaba el salón en una pradera. Las estampadas alfombras que cubrían la tarima daban una pista de lo poco que se habían preocupado Kike y Daniel por decorar el piso. Todo aquel que entrara podía oler un fuerte aroma a madera, y, a cada paso, el suelo se quejaba por la edad.

Daniel se apresuró a dejar la bandeja en una mesa auxiliar y repartió los cubatas. Quebec disfrutaría de un breve periodo de tregua por el momento.

—Estoy listo, puedes empezar tu historia —dijo Daniel, dejándose caer en su lado del sofá.

Óscar dio un sorbo a su *gintonic* y exhaló un gemido como el que exhalaría alguien que bebe agua fría tras dos días en el desierto.

—Lo que os voy a contar ahora tiene que quedar entre nosotros. Demasiada vergüenza me da ya como para que llegue a más gente. ¿Está claro?

Clavó la mirada en los ojos de sus dos amigos. Aparcó la copa junto a sus tropas y comenzó:

—Todo sucedió la noche de ayer, que, por si no lo notasteis, hacía un frío de cojones. Como sucede a menudo, tenía el cubo de la basura a reventar, así que me puse el jersey desgastado de *Parque Jurásico* que utilizo para estar en casa, y salí afuera. Y, vaya... resulta que, al levantar la tapa del contenedor y arrojar la bolsa dentro, se me escurrieron las llaves de la mano y, en efecto, (¡oh, Dios!), cayeron dentro del cubo.

A Daniel le costó esfuerzo contener la risa, especialmente cuando vio que el cubano estaba en las mismas.

Óscar se incorporó para escenificar cómo se vio viviendo en la calle por unos segundos, con nada más que unas zapatillas y un jersey de dinosaurios. Lo que más le preocupaba, no obstante, era que alguna vecina de las que estaban bien le hubiera visto en tal ridícula situación.

—¿Y qué hiciste? —preguntó Daniel sin disimular la sonrisa.

—¿Qué podía hacer? Estaba oscuro y

hacía frío. Eché un rápido vistazo al cubo (efectivamente, estaba prácticamente lleno), pero ni rastro de mis llaves. Como me temía, habían caído hasta el fondo.

Llegado a ese punto, el Óscar *sin techo* no había tenido otra alternativa que sacar todas las bolsas del cubo, una por una, hasta que éste quedó vacío. Allí, en el fondo, rebozadas en una pringosa sustancia oscura y aguada, encontró el manojo de llaves.

Daniel se fijó en que Kike concentraba su mirada en el cuenco de patatas fritas para contener la risa. Esa imagen de su amigo hizo que terminara explotando en carcajadas.

Óscar le dedicó a Daniel una mirada de odio y continuó con su historia.

—Con mucho cuidado de no tocar nada más, las recogí. Ese fue el momento más delicado, porque si alguien me llega a ver con medio cuerpo metido en el contenedor, me habrían tachado de mendigo, y eso sí que habría sido el fin de mi reputación. Rápidamente volví a meter todas las bolsas de basura dentro del contenedor, como ciudadano responsable que soy —al escuchar esto último, Daniel y Kike se miraron y arquearon las cejas —, y me metí rápidamente en casa como si acabara de activar una bomba en el portal. Lo primero que hice fue limpiar a conciencia las llaves, y después me di una ducha que debió durar aproximadamente media hora.

Culminó la historia con una mueca de asco y se quitó el mal regusto con un nuevo sorbo de su brebaje de cardamomo.

—Cambiemos de tema. —Óscar se sopló el flequillo, alborotándoselo en la frente. Le otorgaba cierto parecido a David Bowie—: Dani, ¿mañana es la inauguración del ático de tu hermano?

—Eso creo —respondió. Realmente lo sabía con certeza—. ¿Tenéis pensado ir?

La euforia creada con la historia de Óscar mutó en ansiedad y tomó forma de pelota en lo más hondo de su estómago.

—Chico, ¿insinúas que tú no vas? —preguntó Kike, visiblemente sorprendido.

—Para ser sincero, no tengo muchas ganas de ir.

—¡Pero se trata de la fiesta de tu hermano! Le harás un feo gordísimo si no vas.

—¡Exacto! Es la fiesta de mi hermanito, no la mía. Estará allí, rodeado de los lameculos de sus *amigos*, acudiendo como hienas ante el olor del éxito. La fiesta se abarrotará de niños de papá y de pijas disfrazadas de princesa, buscando sucios rolletes de una noche, o lo que es peor, algún pobre guaperas con la cartera llena. —Daniel estaba casi gritando y era consciente de ello—. No lo sé, me lo pensaré. Ya veré lo que hago finalmente.

El silencio inundó el salón.

De pronto, Kike sacó del bolsillo su teléfono móvil y marcó un número. Se llevó el aparato a la oreja y habló:

—¿Ricardo? Hola, mira, soy Kike, el amigo de tu hermano.

Un murmullo indescifrable se escuchó al otro lado del teléfono.

—Estoy genial, gracias por preguntar, chico —continuó el cubano—. Oye, te llamaba por lo siguiente: sin ningún compromiso, ¿te quedan entradas para la fiesta de mañana? Sé que a estas alturas de la película es una locura, pero... ¿Sí? ¡Magnífico! ¿Que cuántas quiero? —Miró a Daniel dubitativo. Tras unos segundos, respondió—. ¿Puedes reservarme tres? Genial.

Óscar observó a Daniel de reojo, consciente de la poca gracia que le estaba haciendo la artimaña de Kike.

—Muchas gracias Ricardo, pues nos vemos mañana —se despidió el del teléfono—. Un abrazo.

Kike colgó y mostró su inmensa sonrisa.

—¿Por qué cojones has hecho eso? No tienes derecho a meterte así en mi vida.

Kike frunció el ceño.

—Las entradas vuelan, *papito*. Hay que reservarlas cuanto antes.

—¿No te acabo de decir que no quiero ir?

—Lo que has dicho es que te lo estás pensando. Es posible que tú no vayas, pero desde luego yo pienso ir. Y creo que Óscar se muere de ganas de conocer a esas pijitas disfrazadas de princesa.

Óscar sonrió con picardía.

—Eh, el mulato tiene razón. —Para Óscar, Kike siempre tenía razón—. Puede que no tenga la cartera llena, pero soy un partidazo.

—Está bien, haced lo que queráis. —Daniel sabía que no podía impedirles acudir a la fiesta—. No pasa nada, ya os diré lo que hago yo al final.

Kike asintió complacido. Por su parte, Óscar rompió el hielo levantándose de un salto del sofá.

—Voy a ir tirando las sobras a la basura —anunció, y se llevó el cuenco con las patatas fritas sobrantes.

—¡Cuidado, llaves de Óscar! —Kike dispuso las manos en la boca a modo de amplificador—. ¡Se dirige a la basura! ¡Sálvese quien pueda!

Las risas de Daniel y Kike dominaron el apartamento. Por unos minutos al menos, porque las tropas del general Óscar pronto conquistaron Quebec y el mundo quedó bajo el poder de un *hamburguesero* dicharachero y torpón, con debilidad por el género femenino y una gran devoción por sus amigos.

En el futuro, muchas veces desearía Daniel que su hermano Ricardo estuviera en lo cierto. Desearía haber sido la persona más monótona y gris que hubiera existido, porque todo cuanto le sucedió —todas y cada una de las cosas insólitas y dolorosas—, derivó de aquella fiesta.

2

Ese viernes acabé con las palmas de las manos en carne viva y una intrigante declaración de amor abandonada en un cajón.

Si alguien me hubiera advertido de todo ello antes de que me dispusiera a sacar el bizcocho requemado del horno, seguramente no le habría creído. Y habría sido un error, porque, de haber hecho caso a la advertencia, habría tenido más cuidado, y el bollo no habría volado por los aires para regodeo de Rafiki.

De haberlo creído, habría actuado diferente respecto al otro tema, sin duda mucho más delicado. ¿De verdad lo habría hecho? ¿Cómo habría sido mi vida de entonces en adelante?

Tenía una emergencia: me había quemado las manos al sacar la bandeja del horno. Corrí hacia el cuarto de baño y las coloqué bajo el chorro de agua fría. No era una solución, seguían enrojecidas. ¿Qué era lo mejor en estos casos?, procuré adivinar mientras me retorcía de dolor. Deseché la idea de la crema dental por parecerme estúpida, y terminé embadurnándome con crema para la piel. Las manos aún me palpitaban, pero el frescor fue suficiente como para que dejase de llorar.

De pronto, algo se movió en el estudio, lo percibió el rabillo de mi ojo. Ese *algo* se deslizaba por la tarima. ¿Una carta? Corrí a ver de qué se trataba.

Fue al agacharme cuando descubrí que no se trataba de una carta, sino de una sencilla hoja de libreta. La puerta permanecía cerrada. Alguien debió lanzar el papel a través de la rendija.

Me vinieron a la mente algunas historias de atracadores nocturnos que, en los últimos meses, habían sembrado el pánico en la capital. Una alarma sonó dentro de mi cabeza cuando desplegué el papel con dificultad. Las manos ya no solo me palpitaban, ¡temblaban!

Venía escrito a lápiz, con una caligrafía torcida y alocada. Me senté en el suelo, apoyada contra la pared, y fue ahí cuando mi monótona vida empezó a cambiar:

Tú no me conoces, pero el verde de tus ojos me da la vida cada mañana. ¿Y tu melena roja? Tiene que venir de otro planeta. Sé lo que estás pensando, y no tienes por qué temer. No soy un acosador, ni un psicópata, ni tampoco pretendo hacerte daño. Al contrario, considérame un admirador. En realidad soy un tipo de lo más convencional. Como prueba de ello, abandonaré el rellano una vez haya lanzado este mensaje al otro lado. Volveré el viernes que viene.

PD: Todavía no sé tu nombre, así que a partir de ahora te llamaré Angie, como la canción de los Rolling.

De modo que se trataba de eso: un adolescente enamorado que se plantaría cada semana frente a mi puerta como un personaje salido de la cabeza de Shakespeare. Era justo lo que le faltaba a aquel viernes para opositar a peor día de la historia.

Decidí restarle importancia. Me incorporé y entré en la cocina, donde casi tropiezo con Rafiki. Mi conejito estaba entretenido con mi bizcocho relleno de nueces. Barrí los restos y me concentré en la nota. Iba a estrujarla hasta convertirla en una bola, pero cambié de opinión en el último momento. En su lugar, abrí el cajón destinado a los folletos de comida a domicilio y guardé la nota en su interior.

Nunca se sabe, pensé. Además, no estaban mis manos como para estrujar papel.

3

LA NOCHE anterior se había alargado más de lo normal en el piso de los chicos. Según iban terminando sus bebidas y empezando otras, Daniel había cambiado de idea al menos diez veces respecto a si iría a la fiesta. Para cuando Óscar se marchó del piso, Daniel había jurado que no acudiría a la fiesta.

Por supuesto, acudió.

EL SOL ACABABA DE PONERSE, y las últimas luces del día lustraban de plata y ocre las puntas de los edificios. Muchas terrazas crecieron en las aceras alimentadas por la agradable temperatura.

Se entraba al local a través del portal señorial de un edificio de varias plantas. Daniel, Óscar y Kike no tuvieron que esperar cola, aunque algunos grupos de personas ya estaban esperando para subir al ático.

—Os lo dije, no pintamos nada en este sitio —protestó Daniel, mirando con desprecio a aquellos pijos desconocidos.

—¿Cómo que no? —El gesto eufórico de Óscar se torció—. No sé por qué dices eso. Aquí pintamos lo mismo que todos, así que vamos a entrar, vamos a darle la enhorabuena a tu hermano, y nos lo vamos a pasar en grande esta noche. —Terminó la frase dirigiéndose al trasero de una de las invitadas—. ¿Has visto a esa?

—¿Vosotros os habéis fijado en esta gente? —Daniel abrió los brazos—. Mirad qué trajes, ¡qué vestidos! ¿Habéis visto el superdeportivo amarillo que había aparcado en la esquina? Apuesto a que el dueño ya está dentro, y no me extrañaría que fuese mi propio hermano. Chicos, reconocedlo, esta fiesta nos queda grande.

—¡Tonterías! Vale, ya veo los vestidos tan caros que lleva esta gente, pero nosotros también vamos hechos unos dandis. Además, me ha dicho Kike que te has pasado más de media hora encerrado en el baño. ¿No es así, mi coqueto Don Juan?

Óscar consiguió sacarle una sonrisa a Daniel, que miró a Kike con burla.

—Lo de guapos lo dirás por ti y por mí, porque aquí el cubanito parece un guardia de tráfico con esa camisa. Venga, entremos de una vez.

—Ese comentario está fuera de lugar. Mi camisa es alegre, y punto —protestó el cubano mientras se cerraba el portal con ellos dentro.

Subieron en ascensor hasta el último piso, donde tenía lugar la celebración. Era temprano, pero el local ya contaba con algunos invitados. Kike, probablemente la persona de más altura del recinto, observaba todo con interés desde su perspectiva. Localizó la barra —una de ellas, ya que existían varias distribuidas por todo el espacio— a la derecha de la entrada. Había barra libre, por lo que los primeros borrachines ya habían encontrado su sitio junto a los camareros. Tom Petty y los Heartbreakers sonaban a través de los altavoces.

Mientras Kike pensaba en la buena pinta que tenía la fiesta, Óscar comenzó a deslizarse entre la gente. Apenas se daban cuenta de su presencia debido a su pequeña estatura. Daniel lo vigilaba, esperando que su amigo no estuviese *fichando* sus primeras presas. No es que fuese ningún sobón —Óscar se hubiese sentido tremendamente ofendido si alguien le acusara de pervertido—, pero sentía una atracción irrefrenable por el género femenino y, en muchas ocasiones, varias mujeres bebidas o con ansia de cariño habían acabado en sus brazos. Ésta no era una fiesta normal, así que Daniel decidió que más tarde mantendría una conversación a solas con su amigo.

Daniel los guio hasta el fondo del local. Allí se ensanchaba formando un área circular que servía como de pista de baile. Una moderna escalera de caracol ascendía desde una de las esquinas. Kike se vio sorprendido por un *sutil* golpe en su espalda. Tuvo que apoyarse en Óscar para no caer al suelo.

—¡Eeeehhhhhgggg....! oye amigggo... perdóname, no te hafffía visto... ¡Já!

El que lo había atropellado era Miguel, el más corpulento de los compañeros de equipo de los chicos, incluso más que Kike. Era conocido en el mundillo de la pelota como *El oso blanco*, pues, a pesar de no haber cumplido los veinticinco, no tenía un solo pelo que no fuese blanco. Todo lo que Miguel tenía de grande y torpe, lo tenía de noble, y en aquel momento, apenas se sostenía en pie.

—¡Miguel, *pendejo*, ten un poco más de cuidado, que tienes la fuerza de un Mamut! —reprochó Kike dándose la vuelta.

—Perdona Kikke, lo siento mmmmucho.

El oso blanco apenas podía articular palabra; sus ojos miraban hacia algún punto móvil de la sala.

Con una sonrisa, Daniel dio un paso al frente y saludó a su borracho compañero con una palmadita en el hombro.

—¿Qué tal estás, amigo?

—¡Dannniiiiii! No sssabía que esstabas aqqquí. —Daniel no pudo evitar que aquella inmensa bola de grasa se abalanzara sobre él.

—Miguel...Mig... —gimió Daniel, haciendo aspavientos con las manos para lograr desprenderse del gigante. Lo estaba levantando en el aire, oprimiéndole el pecho.

Cuando por fin lo soltó, respiró hondo para recobrar el aliento.

—¿Qué haces aquí? ¿Te ha invitado mi hermano?

No es que a Daniel le desagradase la presencia de Miguel, todo lo contrario, pero Miguel y su hermano no tenían ninguna relación.

—¡Chhhsssssss! —Miguel se llevó un dedo a los labios y miró a su alrededor—. Mmme he colado en la fiessssta... ¡Já! No ssse lo digas a tu herrrmano, es un sssecreto. Pero crrrreo que me voy a marrchar, no me encuentro mmmuy bien...

Terminó la frase llevándose la mano a la boca. Después le sobrevino un espasmo. Los tres amigos dieron un paso hacia atrás, por si acaso.

—Está bien colega, será mejor que vayas a descansar —se apresuró a decir Daniel—. Nos vemos la semana que viene, ¿de acuerdo?

—Sssi, mmme voy a ir... ¡Eeeehhhhh, me alegro un montón de haberos vissto!

El oso blanco se giró con torpeza y alzó la mano como señal de despedida.

—Cómo iba vuestro pívot, ¿no? —exclamó Óscar, estupefacto.

—Ya ves, ¡menudo pedal! —respondió Daniel.

—Venga, vamos a ver lo que hay en el piso de arriba —dijo Kike, ansioso por descubrir el piso superior.

. . .

—¡Madre mía! —Óscar se detuvo con la boca abierta.

Aparecieron en una amplia terraza abierta con adornos hawaianos. En este piso el ambiente era diferente. La madera del suelo, los fantasiosos cócteles que iban y venían sobre bandejas sostenidas por atractivos camareros y camareras, la música *chill out*... Era como estar de vacaciones en la playa, solo que a varios pisos de altura. El ático daba a la parte septentrional de Madrid, tomando como referencia el Paseo de la Castellana y su tráfico, incesante. Diminutas ventanas saludaban desde las demás fachadas como luciérnagas, protegidas siempre por los modernos rascacielos de la zona norte, altos y brillantes. No había local en la ciudad con esas características. Esto es lo que pensaban Kike y Óscar (y Daniel, aunque no pensaba reconocerlo) cuando alguien se les acercó por detrás.

—Veo que ya habéis descubierto todo el chiringuito.

El hermano de Daniel se acercó acompañado de un buen grupo de personas de aproximadamente su edad. «Lameculos», pensó Daniel. A Ricardo, como siempre, la ropa le caía como a un modelo. Hoy: camisa blanca, americana negra, y vaqueros. A su lado, Teresa no le soltaba el brazo.

—Hemos llegado hace nada y estábamos echando un vistazo —dijo Daniel, mirando hacia cualquier parte menos a los ojos de su hermano—. Te felicito por el bar.

¡Bar! Daniel jamás habría denominado como «bar» a aquel estupendo local de fantasía, pero ya era bastante difícil para él felicitar a su hermano mayor, y decidió no hacer demasiadas concesiones.

Ricardo asintió con superioridad y sonrió.

—Buenas noches, Teresa —Daniel dio un paso hacia su cuñada—. Hacía mucho que no nos veíamos. —Puso en sus mejillas dos protocolarios besos.

—Ah, hola, Daniel. ¿Cómo te va? ¿Sigues reparando cachivaches?

—Ordenadores, Teresa. Se llaman ordenadores.

«Hermano, ¿cómo llegaste a casarte con este elemento?»

Daniel resopló y se giró hacia Kike, que miró hacia otro lado conteniendo la risa.

Ricardo, interrumpiendo, retomó el tema de conversación.

—¿Te gustan las vistas, hermanito?

«Eso, restriégame tu éxito como haces siempre.»

—Si, aunque en invierno va a pegar el viento.

Sólo quería que terminara aquella fiesta lo antes posible. Fantaseó con que sonaba la alarma antincendios y todos se veían obligados a evacuar el edificio, y le pareció tan buena idea que buscó a su alrededor el botón de activación de la alarma. Su hermano le trajo de regreso a la realidad. Acercándose hasta casi rozarlo, susurró:

—Ayer fui a ver a papá. Por lo visto le tienes desatendido.

—¿Eso te dijo?

—¿Cuánto tiempo hace que no vas a verle?

—No es asunto tuyo.

Daniel quiso recordarle quién estuvo ahí, siendo solamente un crío, sacando a su padre de la depresión cuando ella falleció. ¿Dónde estaba el gran Ricardo entonces?

Tuvo que morderse el labio.

Dejó de mordérselo cuando la vio, a unos pocos metros, asomada en la barandilla. Oteaba el horizonte atenta, y aún desde un costado, como Daniel la miraba, sus ojos resplandecían como provenientes del futuro. La brisa sacudía con delicadeza su flequillo, y la luz de las farolas bañaba sus hombros en dorado. En un segundo, esa monada había creado un Big Bang en la azotea. Fuegos artificiales, un volcán en erupción, supernovas de colores. Daniel tardaría en olvidar, si es que alguna vez lo hizo, la figura que ese vestido corto y ceñido dibujaba en ella.

Daniel volvió la cabeza hacia el grupo y asintió con fingido interés.

—Veo que ya has visto a Sofía. —Su hermano, su maldito hermano otra vez—. ¿Te acuerdas de ella?

Como si estuviese atenta a la conversación que se mantenía en voz baja a unos metros de ella, la chica del vestido se giró, miró a Daniel a los ojos, y sonrió.

El mundo de Daniel se congeló.

«Viene hacia aquí. Se está acercando, joder.»

—¿Dani? ¡Casi no te reconozco! Cómo has cambiado. ¿Cuánto tiempo hace?

Aquello lo pilló por sorpresa. En su interior se habían mezclado mucha vergüenza, sorpresa y, por qué no decirlo, una pizca de euforia. Estaba sudando por debajo de la camisa. Su boca esbozó una sonrisa ridícula. Todos lo miraban con expectación.

—Si, bueno, ha pasado mucho tiempo y, ya sabes, todos cambiamos.

Alguien debía haber decidido que aquella sería la zona de las conversaciones incómodas.

—¿No me vas a dar dos besos? —preguntó juguetona, y sin esperar respuesta se abalanzó sobre las mejillas de Daniel, que tensó sus músculos.

—En fin, encantado de volver a verte —dijo él—. Ya nos veremos por ahí. ¿Bajamos a la fiesta, chicos?

Kike y Óscar se despidieron con cortesía. Daniel ya estaba bajando cuando escuchó algo que lo torturaría durante el resto de la velada:

—La próxima vez espero que me saludes antes de mirarme el culo —fue el adiós de Sofía.

Se volvió perplejo, pero lo único que vio desde las escaleras fue la cara de su hermano, sonriente.

«*I feel good... tararararararara... I knew that I would now...*», gritaba Kike a plena voz mientras movía los brazos en todas las direcciones.

No lo vio Óscar, que estaba liado en sus propios negocios. En una esquina del local sujetaba un vodka con naranja (su combinado favorito) con una mano, mientras con la otra acariciaba la rodilla de una joven morenita (su color de pelo favorito) por debajo de la barra.

Daniel estaba furioso. Furioso por haber tenido que besarle el culo a su hermano y a su perfecto local. Furioso por tener que restregarse contra media pista de baile para alcanzar la barra y pedir una copa. Y, por encima de todo, estaba furioso consigo mismo por comportarse con tal torpeza ante esa chica de la barandilla. Sofía. ¿Quién era en realidad? ¿De verdad se conocían? Daniel pensaba en todo eso mientras los camareros lo ignoraban.

Al volver la cabeza, vio una cara conocida justo a su lado. Sonrió por primera vez en toda la noche.

—¡Pero bueno, Iván! ¿Qué hace un macarra como tú en una fiesta de alto postín? —gritó por encima de la música.

Compartieron un caluroso apretón de manos.

Iván soltó una sonora carcajada y respondió sin parar de gesticular.

—Soy colega de uno de los camareros y me ha conseguido pase —dijo. Con cada gesto se le marcaba el bíceps por debajo de la camiseta—.

Al principio pasaba de venir, pero me enteré de que venía una piba que me vuelve loco. Igual la conoces, es una tal Sofía. ¡Jesús, vaya culo!

Daniel sintió un escalofrío.

—¿Y cómo te va en tu nuevo equipo? —dijo por cambiar de tema—. Espero que habernos dejado tirados haya merecido la pena. —Acompañó la frase de una sonrisa áspera.

—¡Vamos, Dani! Sin rencores. Además, tú deberías valerte para sacar el equipo adelante. ¡No me necesitas! Eres una máquina, acabarás jugando con los profesionales.

A Iván le resbalaban las últimas sílabas, señal de que se estaba sobrepasando con el alcohol. Terminó la frase golpeando el hombro de Daniel, que se acarició sorprendido.

—Estás borracho y dices tonterías. Desde que te fuiste nos falta fuerza, carácter. Pero, en fin, espero que merezca la pena y estés contento en tu nueva etapa.

—Gracias, tío.

—Por cierto, creo que dentro de unas semanas nos enfrentamos.

—¿De verdad? —Iván no dejó que Daniel terminara la frase—. Fantástico, echaba de menos machacarte en los entrenamientos.

Vete preparándote porque no pienso tener piedad. En la pista no hay amigos, ya sabes.

Terminó la frase amenazándolo con el índice. Daniel frunció el ceño. Algo había cambiado en Iván, no era solo el alcohol. Mientras pensaba en una manera sutil de despedirse, alguien le tapó los ojos por detrás.

—¡Quién soy!

Daniel no tenía ni la más remota idea, pero el tacto de la palma contra sus párpados le pareció suave, agradable. Cuando volvió a poder abrir los ojos, vio a Sofía a unos milímetros de él.

—Pensé que ya te habías ido —dijo. Esa mirada, ¿era inocente o traviesa?

Daniel necesitó de unos segundos para responder.

—¿Te tomas una última copa conmigo? Así revivimos viejos tiempos.

—Hoy no puedo, mañana tengo que levantarme temprano. Solo he venido a despedirme. Pero estamos en contacto, ¿OK?

Sofía ni siquiera rozó a Daniel, lo que no evitó que se le erizara la piel.

—Está bien, como quieras. Ya nos veremos —dijo, y acercó los labios a su mejilla. Lentamente. Por si se obraba el milagro.

No hubo milagro, solo dos educados

besos y una sonrisa nerviosa antes de que ella desapareciese entre la multitud.

Un largo rato después, y por fin con una copa en la mano, Daniel encontró a Kike y se propuso convencerlo para ir a casa. No opuso resistencia; era tarde y estaba *«¡¡como un aviónnnn!!»*. No encontraron a Óscar, lo cual significaba que tendrían una nueva anécdota al día siguiente.

Cuando los dos amigos se arrastraban hacia el ascensor de salida, Iván surgió de entre la multitud. Agarró a Daniel del brazo, colocó su boca a escasos milímetros de su oído, y gritó:

—Parece que vamos a tener que competir por algo más que por baloncesto.

Después se alejó sin decir nada más. Daniel no encontró los reflejos para contestar.

Ya asomaba el sol entre los edificios. Kike roncaba en el taxi. Mientras tanto, Daniel hacía balance. ¿Había sido la noche más divertida de lo que había esperado? Más extraña, sin lugar a dudas. Se colocó los auriculares y pulsó el *play* de su aplicación móvil. Sonó una melodía instrumental, suave, evocadora. En esas condiciones cualquiera se habría dormido. A él, sin embargo, la música le transportó de nuevo hacia el interior del local. A la barandilla del ático. A la barra de dentro. A Sofía.

«Tengo que volver a verla. ¿De qué la conozco? ¿Por qué no se ha tomado la última copa conmigo? ¿Habrá pensado que soy un cretino? ¿Por qué no puedo dejar de pensar en esto?»

4

Era viernes y no podía concentrarme en la novela de Agatha Christie. Sentía la continua necesidad de ladear la cabeza para comprobar que todo seguía en orden en el vestíbulo.

Había transcurrido justo una semana desde que recibí la extraña declaración. ¿Regresaría el acosador anónimo como había prometido en su escrito? Por si acaso, esa noche no saldría de casa.

Se me heló la sangre de súbito. El rabillo del ojo me lo había chivado. Un nuevo trozo de papel resbalando por el suelo del pasillo.

Tragué saliva y me centré en el pomo de la puerta. Era lo que sucedía en las películas de Hitchcock: alguien forzaba la cerradura y entraba en casa con un machete. Conté hasta cinco. Dudé. ¿Debería leer el contenido del papel? Estaba segura de que, dijera lo que dijera, iba a rondar mi cabeza durante el resto de la semana. Y eso no era sano, caramba.

Finalmente me aproximé al papel y lo leí con el miedo de quien saca una bandeja de bizcochos sobrequemados del horno.

Hola, Angie. No dejo de pensar en ti. Me pregunto si tú también has pensado en mí. Aunque lo cierto es que ni siquiera conoces mi cara. Como te dije, no soy un acosador, así que no tengo pensado llamar a la puerta de una desconocida. ¿Te imaginas qué violento sería? Cuando estés preparada, estaré encantado de que abras para conocerte mejor.

Por cierto, el corte de pelo te queda genial.

Mis dedos se contrajeron en torno al papel, arrugándolo. Furiosa, corrí al salón, donde escribí algo en otro papel. No fue sencillo, me temblaban los dedos. Después regresé al vestíbulo y deslicé mi nota hacia el otro lado de la puerta.

Mientras esperaba a que algo sucediese, me observé en el espejo del vestíbulo: una pecosa enclenque que no estaba dispuesta a que un pervertido le complicara la vida con sus jueguecitos cada tarde de viernes. Justamente su día preferido de la semana. «¡No lo pienso tolerar! ¡Y deja de morderte las uñas!»

Contra todo pronóstico, mi amenaza recibió respuesta, por supuesto, en forma de papel.

¿A qué demonios estaba jugando aquel hombre?

5

Eric Miller entró por la puerta y de inmediato cesaron las bromas en el vestuario. Se apoyó en la pared y esperó a que sus chicos terminaran de atarse las zapatillas, de guardar la bolsa en la taquilla, o de cualquier cosa que en la que estuvieran liados. Llegado un punto, solo se oía el murmullo del público, lejos, al otro lado del pasillo.

—Sé lo que estáis pensando —dijo, al fin.

Recibió un buen puñado de ceños arrugados.

—Supongo que la mala racha del equipo sobrevuela vuestros cerebritos. Con honestidad, últimamente habéis jugado como el culo. —Se separó de la pared y dio un paso adelante.

Carraspeó—. Derrotas contra rivales muy inferiores a vosotros, un juego que da pena, protestas que las hubiera firmado mi hija cuando tenía cinco años... Unas semanas feas, en definitiva.

Daniel no estaba pensando ni remotamente en la mala racha del equipo. Su mente sobrevolaba en círculos, como una rapaz de caza, la fiesta del sábado anterior. No había podido quitarse a esa chica de la cabeza. No era simple atracción física, Daniel no sabía definirlo. ¿Su voz? ¿Sus ojos? ¿El perfume que la envolvía? Hasta había soñado con ella. Todo había empezado como lo que parecía un sueño erótico. Sofía y él se estaban besando junto a la barandilla del ático de su hermano, cuando se produjo una explosión en el cielo. Un avión de pasajeros descendía hacia ellos a toda velocidad. Uno de sus motores expulsaba fuego. El sueño erótico se había convertido en una pesadilla. Fue al lanzarse al vacío, dejando a Sofía sola ante el inminente impacto del avión de fuego, cuando Daniel se había despertado.

Aunque atravesaba un desconocido periodo de su vida en el que le era fácil esbozar sonrisas, en general se sentía desanimado. Y la culpa era de ciento sesenta y cinco centímetros de pura sensualidad femenina. Tenía que volver a verla, y no encontraba la forma de contactar con ella.

«Deja de pensar en eso ahora y céntrate en el partido», se dijo.

Podría pedirle su teléfono a Ricardo —y ya de paso preguntarle de qué diablos la conocía—. Lo descartó de inmediato; ya le suponía un problema hablar con él sobre cualquier cosa, como para sacarle el tema de una chica.

«Presta atención al entrenador, idiota.»

Intentó focalizar sus pensamientos en la figura que les estaba dando el sermón. Traje negro impoluto. Camisa blanca. Cinturón y zapatos negros y brillantes como una moneda nueva. En los entrenamientos solía vestir de chándal, pero este era un partido especial, y Eric Miller era un hombre elegante. Y metódico. Nacido en Indiana, tuvo que mudarse a Madrid con sus padres antes de cumplir los ocho años, donde recibió una educación severa con exquisito resultado. Sus ojos azules invitaban a pensar que había sido un joven atractivo, y ahora que atravesaba la cuarentena, algunas arrugas y un pelo rubio platino lo dotaban de un carisma que Daniel había llegado a envidiar.

—Si perdemos esta tarde, adiós al ascenso —estaba diciendo Eric cuando la mente de Daniel regresó al vestuario—. Y luego está el rival de hoy: tercero en la clasificación y muy buenos porcentajes. Tienen dos o tres jugadores de gran nivel, es verdad. Pero os diré una cosa. —Eric alzó el tono de voz y dio un nuevo paso—: El hombre es lo que cree que es. La confianza en la virtud es más determinante que la propia virtud, coño, y yo tengo confianza en este equipo. *Creo* en vosotros. Ahora la pregunta es —miró a los jugadores a los ojos—: ¿Qué clase de personas sois?

Daniel buscó a Kike con los ojos, pero éste no le devolvió la mirada.

—No estoy hablando del partido de hoy. Ni siquiera de baloncesto, maldita sea. —Eric hablaba para sí mismo—. Se trata de la vida. Podéis elegir entre perseguir el éxito o evitar el fracaso, pero os diré una cosa: presentadme a un tipo que tenga miedo de fallar y yo os mostraré a un tipo a quien se puede vencer una y otra vez.

Las mandíbulas de Kike se tensaron. Daniel imaginó chispas entre sus muelas.

—Sé que también pensáis en toda la gente que está ahí fuera, en la grada. No esperan mucho de vosotros, visto lo visto. Y no los culpo. Son pesimistas, yo también lo sería en su lugar. Pero ellos no os conocen como yo. No saben de lo que sois capaces.

El entrenador se inclinó y habló con un hilo de voz.

—Escuchad: el mayor placer en esta vida es conseguir lo que la gente cree que no puedes alcanzar. Y creedme si os digo que toda esa gente está deseando que le deis el mínimo motivo para gritar y vibrar como si estuviesen en su noche de bodas, coño.

Muchos jugadores no pudieron evitar sonreír. Daniel apretó la toalla con fuerza.

—Levantaos. Venid aquí.

Eric hizo un gesto y los jugadores formaron un círculo en torno a él.

—Chicos, podéis creerme. En el otro vestuario piensan que vamos a salir con la cabeza gacha y que nos van a pasar por encima. ¡Y yo digo que por mis cojones! Nadie, repito, nadie se nos montará encima si no doblamos la espalda. Así que ahora yo os pregunto —suspiró, bajó los brazos de golpe y sentenció—: ¿Vamos a doblar la espalda?

Nadie contestó. Eric palmeó cariñosamente en la mejilla a Miguel, el *oso blanco*, y repitió:

—Chicos, no estoy de broma. ¿VAMOS A DOBLAR LA ESPALDA?

—¡Noooo, papi! —gritó Kike.

—¡Ni de coña! —exclamó otro.

—¡VAMOS, EQUIPO, VAMOS!

Eric abrió la puerta del vestuario y los jugadores salieron como toros antes de saltar al ruedo.

LOS AFICIONADOS se levantaron y aplaudieron cuando el equipo saltó a la pista. El pabellón se había llenado. En mitad del calentamiento, Eric se acercó a Daniel.

—Hoy vas a empezar el partido de suplente —dijo—. En los últimos partidos has jugado a medio gas, y así no me sirves para nada. ¿De acuerdo?

—De acuerdo.

—Estate preparado.

—Vale.

«Mierda.»

El partido empezó con un murmullo incómodo proveniente del graderío. El motivo era la ausencia de la estrella del equipo en el quinteto titular. Cuando Daniel volvió la mirada, vio a Óscar entre el público.

Su amigo estaba viviendo unos días emocionalmente turbulentos. Al contrario de como solía ocurrir con sus habituales conquistas nocturnas, la muchacha que conoció en al ático de su hermano le había calado hondo. Habían bebido, bailado y tonteado durante toda la noche, y aunque la atracción mutua era obvia, no se habían acostado (Óscar *dixit*, así que Daniel esto último lo mantenía en duda). Tan excitante les parecía el juego del flirteo que decidieron alargarlo más de lo que sus hormonas hubiesen deseado. La noche había terminado en el portal de ella, con unas copas de más y algo menos de dignidad. Un rato de conversación junto a la puerta, alguna risa nerviosa que otra, un inocente beso en la mejilla y buenas noches.

La cosa debía de ir viento en popa, dado que Óscar había llevado a su nueva amiga a ver el partido. Los enormes labios de ella llamaban la atención desde el banquillo. A decir verdad, todo en ella lo hacía; no era habitual acudir a un pabellón deportivo con tacones y minifalda.

Unas filas más arriba, Daniel reconoció a la esposa del entrenador —la señora más elegante del pabellón— y a su hija. Martita era una chiquilla vivaz, como su padre, y los jugadores la habían adoptado como la animadora oficial del equipo. No había partido que no criticara encarecidamente al árbitro, y a veces arengaba a los jugadores como veía hacer a su progenitor desde la banda. En ocasiones incluso acompañaba a su padre a los entrenamientos.

Pero en ese momento, Daniel se sentía como si le estuviera sangrando el corazón. A veces, pensaba, cuando las cosas se empeñan en ir mal, empeoran más aún. Quería sentirse frustrado con su entrenador por su suplencia, buscar alguien contra quien cargar su rabia. Quería tener una bronca con su hermano por no darle el número de Sofía, pero ni siquiera se lo había pedido. ¿Estaba dispuesto a hacerlo?

El partido empezó mal para el equipo. Los aficionados miraban al banquillo con frecuencia, esperando la entrada de su mejor anotador. Óscar en particular hacía aspavientos que mostraban su malestar con el juego. Comentaba cada jugada con su invitada, dejando clara su disconformidad con la decisión del entrenador de dejar a Daniel en el banquillo. Ella lo escuchaba sin demasiado interés.

Pero nadie estaba sufriendo tanto como el propio Daniel. Contemplar ese partido desde el banquillo era como ver su sueño alejarse a cada minuto.

Eric se acercó por la banda con los brazos en jarra.

—Dani, vas a entrar —dijo sin mirarlo a la cara.

Daniel dio un salto y se quitó la camiseta de entrenamiento con prisa. El público despertó de su letargo y empezó a batir palmas, patear en las gradas metálicas y jalear cuando Daniel entró a la pista. Óscar se puso en pie.

La euforia duró un par de jugadas. Daniel no estaba en forma, el entrenador tenía razón, y lo que era más grave, le faltaba confianza. Aquella tarde no tenía la cabeza en el partido.

En uno de los pobres intentos por hacer llegar el balón a Miguel, el balón fue rechazado y llegó a las manos de Daniel, que se encontraba completamente libre de marca en la línea de tres puntos. El lanzamiento fue malo, y el balón se perdió por la línea de fondo sin tocar el aro. Por suerte, había sido falta. Eric, desesperado, pidió un tiempo muerto. Los jugadores se dirigieron al banquillo con la cabeza gacha.

A Daniel le dolía la espalda y su respiración era entrecortada. Cuando llegó al banquillo dispuesto a sufrir la inevitable bronca del entrenador, sus ojos sobrevolaron la grada sin un objetivo en particular, solo por recuperar el aliento.

Pero dieron con algo.

Algo que le insufló aire fresco en los pulmones y gasolina en el corazón.

La motivación es la gran infravalorada, uno de los ingredientes fundamentales del éxito. Puede situarse por encima del talento innato en cuanto a ranking de importancia se refiere. Una pequeña dosis directa al organismo puede hace olvidar el dolor, el cansancio y la tristeza; permite creer al individuo ser capaz de cualquier cosa. Puede encontrarse en cualquier lugar, a través de un recuerdo, un objetivo concreto e incluso una persona. Hasta el detalle más insignificante es capaz de motivar. A veces es ella la que busca al individuo, y ese momento debe ser aprovechado, ya que, de la misma manera que viene, puede irse. Ocurre lo mismo con sus hermanas: la inspiración, la suerte y la felicidad.

Aquella tarde, Daniel encontró la motivación cuando más lo necesitaba, y llegó disfrazada de una preciosa muchacha de ojos azules.

El balón rodaba entre sus dedos con suavidad, como un apéndice de su cuerpo, mientras una gota de sudor descendía por su tabique nasal. De repente estaba solo, y todo parecía ir gustosamente lento. No había rivales, ni compañeros, ni árbitro. Tampoco estaba Eric en un banquillo inhóspito. Las gradas, vacías también. Solo estaban él, el balón, la canasta y... Sofía. Sabía que ella estaba pendiente de él en la penúltima fila de la grada de la esquina. *Lo sabía.*

Se oyó un silbato y Daniel ejecutó el tiro libre.

Canasta.

El partido había cambiado. Espera, era él quien había cambiado. Ya no se le quejaban los músculos ni le dolían las articulaciones. Casi podía ver la euforia colándose por su piel.

—¡Vamos, chicos, toca defender! —gritó mientras corría.

Óscar no volvió a sentarse. A cada canasta de su amigo, levantaba los puños y exclamaba: «*¡Eres un crack! ¡Quiero probar lo que has desayunado hoy!*» Entre jugada y jugada, se volvía para explicarle a su amiguita algunos conceptos básicos del baloncesto, pero ella, que no era aficionada a este tipo de jaleos, hacía rato que se entretenía con su teléfono móvil.

Para Daniel, el aro tenía ahora el tamaño de una piscina olímpica. Los jugadores rivales eran como niños a sus ojos. En cada jugada pedía el balón con desesperación, y los lanzamientos que intentaba penetraban en el hierro con extrema suavidad. Cuando las piernas de los otros flaqueaban, él esprintaba y saltaba más que nunca. Ella estaba allí, él lo sabía. Era esa certeza lo que le daba la fuerza.

Todo sucedió en un abrir y cerrar de ojos. Adelantaron al equipo rival en el marcador como un Ferrari a una camioneta, y cuando el árbitro pitó el final del partido, los asistentes se levantaron para ovacionar a Daniel. Los compañeros corrieron a abrazarlo y casi acabaron todos en el suelo. Daniel saludaba al público emocionado mientras Kike saltaba sobre sus hombros como un niño.

¿Dónde estaba Sofía? ¡Se lo debía todo a ella!

. . .

En los vestuarios, Eric le guiñó un ojo al pasar por su lado.

—Bienvenido de nuevo —dijo en voz baja.

Daniel se volvió halagado, pero el entrenador ya se había perdido por el pasillo que daba acceso al exterior.

—¿Has visto la cara de tu defensor cuando le has hecho ese quiebro? —le dijo Kike a Daniel cuando salían del vestuario, ya cambiados. El cubano seguía eufórico.

Daniel se echó a reír.

—Qué va, tío.

—Pues, *papito*, yo creo que ha estado a punto de ponerte la zancadilla de pura impotencia. Eso, o invitarte a cenar, una de las dos. —Se carcajeó de su propio comentario.

—¡Exagerado! Oye, cambiando de tema, ¿qué sabemos de Óscar?

—Me ha dicho que nos adelantemos, que él llegará en un rato. —Bajó la voz e hizo una mueca—: Creo que vendrá acompañado.

Se detuvieron en seco cuando salieron al exterior. Junto a la valla que delimitaba el pabellón, un buen grupo de aficionados esperaba para saludar a Daniel. Éste se adelantó con un nudo en la garganta a la vez que Kike daba un paso atrás con una sonrisa dibujada en el rostro.

Uno de los aficionados tocó a Daniel por detrás del hombro.

—¿Cómo estás? —dijo una voz. *Esa* voz.

Casi no le dio tiempo a volverse. Ella se aproximó tímidamente y le soltó dos besos en la mejilla.

—Qué sorpresa, So-sofía.

6

DESPUÉS DE CADA partido que se disputaba en casa, los tres amigos se reunían siempre en el Irish Clover, una pequeña pero acogedora taberna irlandesa situada en las inmediaciones del pabellón.

Esa tarde no daban ningún partido a través de la pantalla gigante, de modo que el ambiente era tranquilo; solo Van Morrison acompañaba de fondo a aquellos que se acercaron a disfrutar gustosamente de una buena pinta. Otra cosa que cambió esa tarde fue que, en lugar de entrar los tres amigos por la puerta, una dama acompañaba a Kike y Daniel, factor del que hasta el camarero se percató.

Sofía tomó la iniciativa. Enseguida fue a la

barra y ocupó un taburete libre. Pidió tres pintas que ella misma pagó. Sin dejar que ningún silencio los incomodara, sacó el tema del partido. Era como si lo trajera preparado de antemano. Cuando comentaba alguna buena jugada de Daniel, lo golpeaba en el hombro con cierta camaradería, provocando su sonrojo. Kike sentía que ahí no pintaba nada. Cada pocos minutos le echaba un ojo la puerta. ¿Dónde se había metido Óscar?

Por suerte para el cubano, Óscar llegó solo y bastante animado, algo habitual en él. Después de una ronda rápida de protocolarios saludos —no tuvo éxito disimulando su extrañeza al ver a Sofía—, pidió una cerveza. El grupo se había dividido: Daniel y Sofía charlaban en la barra mientras Óscar y Kike se acomodaron en una mesa cercana.

—Muy bien, Christian Grey, es hora de dar parte a las autoridades —dijo Kike, sonriendo.

—¿Qué dices?

—Qué cómo te va con esa *pollita*.

—Ten un poco de clase, haz el favor.

—¿Ahora te vas a poner educado conmigo? Venga, empecemos por algo fácil. ¿Cómo se llama?

Óscar resopló y se removió en su silla.

—Carol. Se llama Carol.

—¿Carol de Carolina?

—No. Carol de carótida, como la arteria.

Kike se quedó sin palabras.

—Me tomas el pelo.

—¡Por supuesto que te tomo el pelo, idiota!

Kike soltó una carcajada y dio un buen trago de su jarra. Una franja de espuma ribeteaba su labio superior.

—Vale, háblame de Carol.

—Está bien, marujón. —Óscar emitió un suspiro de... ¿amor? ¿nerviosismo? ¿miedo?— De momento la cosa va bastante bien.

Kike percibió algo en su tono de voz. Frunció el ceño.

—A decir verdad, nos va muy bien —matizó Óscar.

—¿A qué viene esa cara, entonces?

Óscar estuvo a punto de decir algo en varias ocasiones. Abría y cerraba la boca sin llegar a emitir ningún sonido. Al final, dijo:

—Hay algo que no te he dicho.

Kike le cogió de la muñeca.

—Tío, estás hablando conmigo. Puedes contarme lo que sea que te inquiete.

En ese momento, los amigos se vieron interrumpidos por el camarero, que se acercó a la mesa con dos cervezas que habían pedido. Óscar se tensó, como si hubiera estado a punto de confesar el secreto de la bomba atómica delante del barman. Una vez que éste se marchó, lo soltó:

—Pues, a ver, resulta que Ca-carol... bueno, lo que pasa es que ella...

—¿Ella, qué? Vamos, ¡suéltalo de una vez! ¡Empiezas a asustarme!

—¡Tiene dieciséis años! —Óscar gritó de tal manera que incluso una chica, que estaba sentada en la mesa de atrás, se volvió.

Kike se apoyó en el respaldo de su silla con los ojos abiertos como los de un pez.

—No he matado a nadie, ¿vale? No soy un degenerado, ni un pederasta —se defendió Óscar—. Carol aparenta más edad de la que tiene, y para cuando me lo dijo yo ya tenía la lengua en su gaznate.

—Está bien, perdona. —Kike contó hasta diez—. Entonces, ¿ahora qué? ¿Cómo vas a dejarlo con ella?

—¿Estás de coña? No pienso dejarla. Esta chica me gusta de verdad.

Se produjo un silencio incómodo.

—Papi, puedes meterte en un lío gordísimo. Como continúes con esto y te encariñes de ella, vas a pasarlo fatal. Haz algo ahora, que os acabáis de conocer. Ya sabes, antes de que sea tarde y te robe el corazón. —Kike sospechaba que ya era tarde para eso.

—Lo que hay entre nosotros es muy especial, tú no lo entiendes.

Kike hizo un aspaviento.

—Eres un *comemierda*.

—¿Perdona?

—Hazme caso: distánciate rápido. Pon un pretexto, lo que te dé la gana. ¡Pero sal corriendo! Dentro de un tiempo, cuando ella sea mayor de edad y si sigues en contacto con ella, podrás hacer lo que quieras. Pero mientras tanto, aléjate. Si sigues con esta mierda, te va a salpicar el barro. Y a lo mejor no es barro, sino napalm.

—Mira —intervino Óscar tras unos segundos de reflexión—, he estado con muchas chicas de muchos estilos diferentes. Altas, gorditas, atletas, pelirrojas, vegetarianas... hasta hubo una japonesa. Y ninguna, absolutamente ninguna de ellas, me hizo sentir lo que siento ahora. Creo que ésta puede ser la definitiva, tío.

Ante tal exagerada afirmación, Kike se llevó la palma a la frente, negó con la cabeza y tomó un trago largo de cerveza. No había nada que pudiera hacer por su amigo. Las mariposas del estómago, como sucede a menudo, habían tomado el control.

Sentados junto a la barra, Daniel y Sofía mantenían una conversación que más parecía una partida de ajedrez. A la vez que hablaba, Sofía fijaba su mirada en la prominente nariz de Daniel. Como sus mejillas, estaba ligeramente roja por el contraste de temperatura. Un detalle entrañable.

Tras un inicio de conversación algo tenso, Sofía decidió derretir el hielo con alcohol.

—¡Vamos a tomarnos un chupito!

Casi podía ver a sus hormonas corriendo como lava por su piel.

—¿Un chupito? ¿Ahora? No sé si deberíamos.

La música estaba tan alta que tuvo que acercar su boca a la oreja de Daniel para que la entendiera.

—Venga, *Pepito Grillo,* ¡hay que celebrar tu gran partido!

Daniel arqueó las cejas. El apodo, ¿le había gustado, o no le había hecho ni puñetera gracia?

—¡Pepito! —repitió. Su sonrisa era una desesperada declaración de intenciones.

—Eh... perdona. Está bien, que sean dos chupitos —respondió Daniel sin mucho convencimiento—. Pero los pagaré yo.

—¡Como quieras!

—Eres una mala influencia, ¿sabes? Yo no debería beber chupitos durante la temporada.

Sofía solo pensaba en que ninguna gota de kétchup de la ración de patatas fritas cayera a su ropa y le hiciera quedar como una torpe y completa zampabollos.

Llegaron los chupitos y brindaron. Sofía, de un solo trago; Daniel se lo tomó con más calma.

—Me alegro de que nos hayamos puesto de acuerdo para salir —dijo de pronto Sofía, que había retomado su cerveza y se le había quedado espuma sobre el labio superior. Se pasó la lengua para limpiarse.

Notó un cambio en sus expresión. No el cambio que esperaba.

—Me gusta este bar —dijo, para cambiar de tema—. Dime, niño, ¿vienes mucho por aquí?

«¿Ahora le llamas *niño*? Por favor, que alguien me tape la bocaza.»

—¿Por qué me llamas *niño*?

—No sé, porque me gusta.

«No deberíamos estar hablando. Debería

estar pasando su lengua por mi labio superior.»

—Pues a mí no creas que me hace mucha gracia.

Daniel fingía, era evidente que fingía. Él también estaba buceando en un mar de hormonas, ella podía vérselo en su mirada. Sofía removió innecesariamente la cerveza en la jarra y se oyó decir:

—No te preocupes, te acostumbrarás.

—Pe-pero yo me llamo Dani. No *niño*.

—Jo, no sabía que eras tan gruñón. Te salvas porque me has invitado al chupito.

—Perdona, no pretendía ser borde. —Él le rozó la muñeca. Ella se acercó más a él, clavó la mirada en la suya de color de otoño, y respiro muy lento pensando que por fin había llegado el momento—. Mi novia siempre me dice que soy un cascarrabias.

Ella ahogo un «¿qué?», y se sintió como si se hiciera pequeña, minúscula, al lado de Daniel.

7

Venga, *Pepito Grillo,* ¡hay que celebrar tu gran partido!

Pepito Grillo. Nunca nadie le había llamado así, pero el apodo tenía gracia. «Está preciosa», pensó mientras admiraba su rostro, iluminado por las luces cálidas de la barra. Se asustó al pensar que le habría parecido preciosa incluso vestida con material de embalaje.

—¡Pepito! —repitió ella con una sonrisa radiante.

—Perdona. —«¡Concéntrate!»— Está bien, que sean dos chupitos. Pero los pagaré yo.

Ella parecía ilusionada con el trato.

Él bromeó sobre la mala influencia que ella ejercía sobre él y se pasó la mano por el flequillo. En su cabeza parecía un gesto sexi, pero no lo era. Una gota de kétchup se había quedado simpáticamente atascada en la comisura de sus labios.

Daniel pidió dos chupitos, y en seguida llegó el camarero con dos vasitos de cristal y una botella de licor de hierbas. Brindaron y bebieron.

Sofía dijo algo que Daniel no entendió por culpa del alto volumen de la música. Después se pasó la lengua por el labio superior con lentitud, gesto que lo excitó.

—Dime, *niño*, ¿vienes mucho por aquí?

¿Niño? ¿A qué venía esa confianza? Pepito Grillo tenía un pase, pero esa chica se estaba pasando de la raya.

—¿Por qué me llamas niño? —dijo, molesto por perder el control de la conversación.

—No sé, porque me gusta.

Daniel miró a su alrededor en busca de ayuda. Kike y Óscar seguían sentados en la mesa de la esquina. Parecían envueltos en una conversación seria y no iban a ayudarlo. Sin saber qué decir a continuación, actuó como un capullo:

—Pues a mí no creas que me hace mucha gracia.

Ella miró hacia su cerveza, y dijo:

—No te preocupes, te acostumbrarás.

—Pero yo me llamo Dani. No *niño*.

«¡Vamos! ¿Qué estás haciendo, idiota? Ella es un encanto, ¿no lo ves? Así que sé educado.»

—Jo, no sabía que eras tan gruñón. Te salvas porque me has invitado al chupito —dijo con una pícara media sonrisa. Después acarició con mimo la mano de Daniel y le guiñó un ojo.

—Perdona, no pretendía ser borde.

Él le rozó la muñeca. Ella ganó milímetros y abrió la boca mientras miraba sus labios embobada. Daniel se excitó. Por debajo de la cazadora, la camiseta se le había adherido a la piel. Tragó saliva. Jamás supo cómo empuñar un arma, y mucho menos usarla. Sin embargo, aquella noche le habían puesto una en la mano y le habían dicho: «ataca, chato». Como sistema de autodefensa, los músculos de Daniel se tensaron. Nunca supo de qué rincón recóndito de su desordenado cerebro habían salido las palabras que escupió a continuación:

—Mi novia siempre me dice que soy un cascarrabias.

.   .   .

Una enorme luna llena iluminaba el húmedo asfalto cuando los cuatro amigos salieron del bar.

—Lo he pasado genial, chicos —dijo Sofía mientras paraba un taxi—. Espero volver a veros otro día.

Óscar y Kike se despidieron besándole en la mejilla. No estaban eufóricos precisamente.

—Me ha encantado verte de nuevo. —Daniel se aproximó y la abrazó—. ¿Por qué no te quedas un rato más? —le susurró al oído.

—Es tarde. Será mejor que me vaya.

Se apartó ligeramente de él.

—Está bien —replicó Daniel—. Ya nos veremos, ¿no?

Ella lo miró a los ojos durante un interminable segundo y, al fin, sonrió.

—¡Por supuesto, Pepito!

Kike se había dormido a su lado en la parte trasera del Cabify, así que Daniel aprovechó para hacer balance. Por fin las cosas empezaban a salirle bien. Estuvo todo el trayecto de vuelta pensando en Sofía, sin percatarse de la sonrisa bobalicona que le iba dedicando a la ventanilla.

«Pepito —se repetía mentalmente. Era su nueva palabra favorita—. Pepito...»

Tan feliz se encontraba que sacó su móvil de la cazadora y se lanzó a escribirle un mensaje de texto.

«¡Novia! ¡Tiene novia!», se recordó Sofía frente al espejo del ascensor.

Ya en casa, terminó una tarrina de helado con galletas de la nevera, se puso el pijama y se acostó. Aquel día condicionaría su forma de actuar en los días posteriores, y eso era algo que le daba miedo. Se sentía mal consigo misma. ¿A qué se debía esa tristeza? No tenía por qué estarlo.

Dio vueltas y más vueltas pensando en la conversación con Daniel. «Daniel... ¿de verdad tienes novia? ¿Quién es ella? Tengo que averiguarlo.»

«¡Bah! no merece la pena, es inútil. Estoy perdiendo el tiempo. Seguramente seremos amigos durante una temporada hasta que nos distanciemos y dejemos de vernos. ¿O no? Nunca se sabe.»

«La verdad es que hemos pasado un rato estupendo. Él ha estado encantador. Algo serio a veces, pero es porque estaba nervioso. Y eso es porque le gusto, de alguna manera le atraigo. ¿Es eso, Pepito? ¿Te gusto? Puede que lo de su novia sea algo pasajero y yo me convierta en su definitiva.»

Cuando por fin se quedó dormida, *¡clinc!* La pantalla del móvil se encendió sobre la mesilla. Un mensaje de texto: «Lo he pasado genial, eres una chica muy especial.»

Respondió con una flamenca.

8

Viernes otra vez. Dichoso viernes. El segundero del reloj de la cocina martilleaba mi cerebro por encima de opresivo silencio. El tiempo parecía transcurrir increíblemente despacio mientras esperaba la nueva nota de mi admirador.

¿Qué podía hacer, dadas las circunstancias?

Pensé en dar un paseo y no regresar hasta la noche. De esa forma, él vendría pero yo no estaría en casa, y el mundo seguiría girando como si nada.

No tardé en dar con el punto débil de mi plan: al volver a casa, vería el papel en el suelo.

Pensé en llamar a la policía todos los días de la semana. Pero, ¿qué iba a decirles? ¿Que un chico había venido, se había parado en el descansillo y había dejado una carta? ¿Quién habría sido la loca entonces? Además, para ser honestos, aquel chico —hombre, o lo que fuera— no parecía peligroso. Y en el caso que lo fuera, como medida desesperada siempre podría utilizar a Rafiki como conejo guardián.

¡Dios, estaba perdiendo la cabeza!

Me encontraba en medio de este dilema emocional cuando, *¡voila!*, apareció la nueva carta:

> Esta tormenta del demonio casi me impide llegar a tu casa, pero aquí estoy, como cada viernes. Espero que no llames a la policía, soy un tipo que merece la pena conocer. De hecho, lo único que te pido es que me permitas invitarte a tomar algo. ¿Te gustan los batidos? Conozco un sitio donde los hacen de fábula.
>
> PD: Esperaré 20 segundos tras tu puerta. Después, me iré por donde he venido. ¿Me abrirás hoy, Angie?

Me quedé muerta con el papel en las manos. Veinte segundos. ¿Qué se suponía que debía hacer? Me abronqué mentalmente por pensar siquiera en seguirle el juego. Me alejé de la puerta.

Entonces, en un ataque de insensatez y guiada por un impulso surgido de un punto recóndito de mi cerebro, me volví y corrí para abrir la puerta.

No había nadie al otro lado. Había transcurrido más de un minuto desde que leí la carta, por lo que el tiempo establecido por él se había agotado.

—Esto es ridículo —farfullé. Después cerré la puerta de un portazo.

Una cosa estaba clara: ese hombre seguía las reglas del juego, sus propias reglas, al pie de la letra. Un juego en cuya partida yo acababa de entrar.

9

Un día de esa semana, Óscar salió antes de lo habitual de la hamburguesería donde trabajaba. Tenía que correr si quería llegar puntual a la cita.

Al llegar a casa, se duchó en tiempo récord, se vistió, cogió algo de dinero y abrió el cajón de su mesilla de noche. Allí estaban, justo donde esperaba encontrarlos, junto a una foto del escudo de su equipo de fútbol —Óscar era un tipo supersticioso, y creía que ese tipo de rituales traían energía positiva—. Cogió la caja de preservativos y la miró pensativo. Dudó. ¿Debería llevárselos? Si los cogía era como admitir que quería que ocurriera algo. Miró la fecha de caducidad, buscando una excusa para no cogerlos. «Vaya, están en fecha». Al final optó por la solución fácil: coger uno, por si acaso. ¿Quién sabía? Si volvía a perder las llaves dentro de un contenedor, quizá podría utilizarlo como guante.

Salió corriendo de casa y llegó al cine unos diez minutos antes de tiempo.

«Joder Óscar, menudas prisas», le dijo su traviesa conciencia con recochineo. Como solía ser habitual, le mandó callar inmediatamente; si la escuchaba, corría el riesgo de hacer algo coherente.

Carol debía estar a punto de llegar, así que Óscar mató el tiempo —y sus nervios— mirándose en un cristal para comprobar su aspecto por enésima vez. Un mechón de cabellos rubios y rebeldes jugueteaba en su frente a causa del viento. Se había puesto una camisa deportiva y unos pantalones vaqueros. Además, se había arreglado la barba de tres días y había tirado de su mejor perfume.

«Perfecto. Moderno pero elegante.»

Carol apareció a lo lejos. Se había hecho una coleta que dejaba su cuello al descubierto. Vestía con normalidad: pantalones vaqueros y blusa negra. A pesar del ruido en los aledaños del cine, Óscar sólo escuchaba el sonido de sus tacones. Y el de los latidos de su propio corazón. Esperaba darle dos besos, pero ella fue más atrevida y se adelantó para darle un pico. ¿O fue Óscar el que se lo dio? Ella parecía estar tranquila.

—¿Qué película te apetece ver? —preguntó él mirando la cartelera.

—¿Película? Me da igual.

Óscar la miró sin comprender. La adolescente mostraba una media sonrisa que le volvía loco. Un incómodo sudor, producto de los nervios y la excitación, recorría su espalda. Aquella noche las balas no serían de fogueo.

Al final, Óscar pidió dos entradas para la película de superhéroes del momento. Antes de entrar, compró el recipiente de tamaño extra grande y pidió que se lo llenaran de refresco de cola. «La bebida perfecta para mantener la calma. Claro que sí, campeón.»

Óscar se pasó casi toda la película mirando a Carol de reojo. No se besaron, ni siquiera se rozaron, durante las dos horas de metraje.

Salieron de la sala cogidos de la mano y de la misma fueron a cenar. Encontraron mesa en un restaurante italiano de la zona. Óscar se lo estaba pasando estupendamente bien acompañado de Carol, y eso era algo que empezaba a no ser novedad.

Para rebajar la pizza y el tiramisú compartido, dieron un paseo hasta el Templo de Debod, enigmático monumento de la capital que fue cedido en su día por el pueblo egipcio en señal de agradecimiento. Sin embargo no era el templo lo que llamaba la atención de aquel lugar. Privilegiadamente ubicado en lo alto de Madrid, el mirador del templo dominaba cientos de hectáreas de la Casa de Campo hasta perderse de vista en el horizonte. Ofrecía uno de los más cálidos atardeceres de la ciudad.

—Lo has mirado todo en internet antes de salir para impresionarme, ¡a que sí! —Carol explotó en carcajadas.

Óscar, también muerto de la risa, la persiguió por el parque. «¡Mira que eres mala!», gritaba sin parar. Cuando la alcanzó, se dejaron caer y él la mató a cosquillas.

Óscar nunca había sentido tantas ganas de probar unos labios. «Unos labios menores de edad», susurraba la voz de Kike en el interior de su cabeza.

Se sentaron en un banco para admirar el imponente paisaje sobre la Casa de Campo. De repente, Carol se sentó sobre las piernas de Óscar y lo miró a los ojos. La iluminación del templo barnizaba sus pómulos.

—Aquí mejor —dijo.

Óscar se perdió en sus ojos negros. Basta

de pensar. La besó profundamente. Fue un beso húmedo e indecente que lo fascinó. Cuando volvió la cabeza y vio al fantasma de su amigo de piel morena con cara de decepción, supo que tenía que aclarar las cosas.

—Carolina, esto no está bien, y tú lo sabes. Me estoy volviendo loco.

Ella adoptó un gesto serio por primera vez en toda la tarde. Lo contempló mientras le acariciaba el pómulo como quien peina a un recién nacido.

—¿Tú quieres que esto pase? —musitó.

«Qué labios más sabrosos», pensó él mientras se relamía.

—Sí. Claro que sí —acertó a contestar, sintiéndose como un estúpido un segundo después.

«¿Cómo que sí? ¿Qué cojones estoy haciendo? Estoy jodido.» Óscar cada vez sentía más próxima la presencia de Kike.

Ella sonrió de nuevo. ¿Se trataba de una sonrisa cariñosa? ¿O más bien de victoria? Daba lo mismo. Si ocurrió fue fugazmente, ya que Carol volvió a mirar con picardía de nuevo. Óscar, aterrorizado, la volvió a besar, esta vez con ansia. Había tomado una decisión. Ella se la había hecho tomar. «Qué bien se siente uno cuando se siente sucio», pensó mientras jugaba con su lengua.

Frente a la puerta de su casa, Óscar se disponía a sacar las llaves de su bolsillo cuando, debido a los nervios, su cartera cayó al suelo. Al agacharse para recogerla, observó la punta de un envoltorio de plástico que sobresalía parcialmente de la cartera.

—Entremos de una vez. Estoy ansiosa... —le susurró Carol al oído mientras le acariciaba la entrepierna por encima del vaquero.

Temblando, Óscar acertó a introducir la llave en la cerradura y la puerta se abrió. Dejó pasar primero a su *verdugo*, que entró de un salto mientras se desabrochaba los primeros botones de la blusa.

Con cada vez menos sangre en la cabeza, un preservativo en la mano izquierda y toda su conciencia pesándole sobre su hombro derecho, Óscar entró en al piso y cerró la puerta, que produjo un ruido seco.

10

Ese viernes tenía un plan.

Después de darle mil vueltas, había llegado a la conclusión que lo más sensato sería obtener cierta información antes de actuar precipitadamente. ¿La información es poder, no? El plan era sencillo. Había escrito, en letras grandes, una pregunta en un folio:

¿DE QUÉ ME CONOCES?

Cuando él apareciera, la filtraría por debajo de la puerta y empezaría una nueva partida.

Con el papel en mis manos, me notaba ansiosa como cuando, en tercero de primaria,

Juanito se había acercado para preguntarme si quería que fuéramos juntos al parque.

La primera parte del plan, que básicamente era que él hiciera acto de presencia, no se hizo esperar. Su carta resbaló por debajo por la rendija y se detuvo frente a las puntas de mis pies. A las ocho en punto de la tarde, como siempre. Procurando no hacer ruido, me agaché para leerla. De alguna forma supe que él sabía que yo estaba allí. Más aún, sabía que yo sabía que él estaba allí. Un embrollo de narices que me hizo sentirme, ¿cómo? sí, la palabra era especial.

No pienso dejar de proponerte una cita hasta que me abras. Estaré viniendo toda mi vida, si es necesario. Sólo soy una persona normal que quiere conocer a una preciosa chica.

Me mordí el labio inferior. Me di cuenta de que, por primera vez, tenía ganas de abrir la puerta y ver cómo era. Sin pensar, envié mi nota hacia el otro lado.

Esperé en silencio. Como no sucedía nada, pegué la oreja a la madera y contuve la respiración, como si así, escuchando el sonido de su lápiz contra el papel, pudiera determinar si era buena persona o, por el contrario, un psicópata. No se apreció el más mínimo sonido.

Casi se me escapó un gemido al comprobar que mi nota había recibido respuesta. No podía estar más excitada cuando la desplegué:

No te conozco, Angie. Precisamente eso es lo que quiero.

11

ESE SÁBADO el sol lucía resplandeciente. Daniel decidió levantarse temprano para aprovechar el día. Se puso unos vaqueros y una camiseta, y desayunó al mismo tiempo que veía las noticias de la mañana por la televisión (y escuchaba los ronquidos de ogro que provenían del dormitorio de Kike). Cuando salió para hacer unas compras, su compañero de piso seguía sin dar señales de vida.

«Macarrones, queso rallado, tomate, aceite... ¿queda sal en casa? Venga, una de sal por si acaso.» Ese era el diálogo que Daniel mantenía consigo mismo mientras arrojaba productos dentro del carro. Minutos después, con dos bolsas completamente llenas en cada mano y maldiciendo la hora en que desechó el coche como medio de transporte, Daniel regresó al piso.

Desde el vestíbulo escuchó el timbre del teléfono fijo. Rápidamente dejó las bolsas en el suelo, comprobó lo rojas que estaban las palmas de sus manos y, con ciertos síntomas de dolor, entró y corrió a responder.

—¿Dónde leches estabas, escalando el Everest?

—No, cazando caracoles —bromeó Daniel.

—¡Ah, genial! —dijo Óscar, a quien no extrañó el hecho de que Daniel estuviese cazando moluscos—. ¿Tienes algo que hacer ahora?

—No hasta la hora de comer. ¿Por qué?

—De modo que dos hamburguesas de la casa, una de ellas sin tomate. ¿Es correcto? —dijo Óscar desde el otro lado.

Daniel alejó el auricular de su oreja y lo miró como si su amigo se hubiera vuelto loco.

—¿Cómo dices? —preguntó.

—Justo pasaba mi jefe por detrás de mí. Tú sígueme el rollo —susurró Óscar.

—¿Estás trabajando? ¿Un sábado por la mañana?

—Si amigo, si... —Óscar recobró su tono

habitual—. Entonces, ¿tomamos algo en el bar de debajo de tu casa dentro de una hora?

—Me parece perfecto. Oye, ¿has avisado a mi desaparecido compañero de piso?

—Ajá... Y de beber, ¿qué desea?

Daniel esbozó una sonrisa.

—Perdona, ¿qué decías?

—Que si has avisado a Kike.

—No he hablado con él desde el otro día. Avísale, ¿vale? —Óscar susurró de nuevo—. Te tengo que dejar. ¡Luego os veo!

Óscar colgó sin dar tiempo a Daniel a contestar. A la vez que posaba el auricular sobre el teléfono, un híbrido entre oso grizzli y muerto viviente salió de la habitación de Kike. Daniel explotó una carcajada.

—¡Buenos días, dormilón!

—Buen día, Dani —respondió Kike entre bostezos—. ¿Quién llamaba? Me ha despertado.

—Son las doce de la tarde. ¿No crees que ya es hora?

Kike se encogió de hombros. Para él, dormir más de diez horas era algo vitalmente necesario.

—Era Óscar. Hemos quedado en una hora. Así que ve regresando al mundo de los vivos.

Daniel se sentía de buen humor esa mañana.

Kike gruñó y se metió al baño arrastrando los pies.

Estaban sentados junto a la ventana del Café Sulca, observando el tránsito del barrio. Solían reunirse allí de vez en cuando para arreglar el mundo. Óscar solía decir que aquel era el mejor escaparate para fichar a las mujeres que podría *cazar* después. Los chicos sabían que hablaba de boquilla, ya que su amigo era como los perros pequeños, que ladran mucho pero muerden poco.

—¡Me cago en la mierda, tío! ¡No puedo creer que llevaras a esa chiquilla a tu piso! —gritó Kike nada más escuchar las noticias de su amigo.

Daniel resopló y miró al techo, perplejo.

—Oh, Dios. —dijo Óscar con un evidente tono de culpabilidad—. ¿Tan grave es?

—Te lo advertí —reprochó Kike—. Tío, eres un equipo de primera fila mundial, y acabas de poner todos los huevos de tu cesta en una promesa de dieciséis años para aspirar a ganar la liga. Más que eso, ¡le has dado la titularidad!

Daniel sonrió. Los símiles futbolísticos no eran más que un viejo truco para restar importancia al asunto en cuestión y permitirles hablar del tema sin tapujos.

—¿Aspirar a la liga? Ayer jugué la Champions League con Carolina, chaval. —Su expresión mutó de súbito. Acababa de cometer un error confesándolo.

—¡Champions League! ¿Cuánto hace que yo no juego la Champions? Me gustaría volver a escuchar el himno aunque sea —fantaseó Kike mirando por la ventana con nostalgia.

—Y que lo digas —respondió Óscar aliviado por la torpeza de su amigo.

—Está bien. ¡Tú! —Daniel señaló a Kike —. Deja tus fantasías para la intimidad, por favor. Y tú —señaló a Óscar—, no cambies de tema.

Óscar lo miró suplicante.

—¿Cómo es eso de que anoche jugaste la Champions con Carolina? —lo acusó Daniel.

Kike se dio cuenta de lo que había sugerido Óscar por error, viéndose éste acosado por sus dos amigos.

—Está bien, lo reconozco: ayer Carolina y yo jugamos un partido de Champions League.

—¡Virgen santísima! —exclamó Kike—.

¿Te das cuenta de que solo tiene dieciséis años?

—No hace falta que me machaquéis, ¿vale? Soy mayorcito, sé perfectamente lo que estoy haciendo.

Daniel dio un largo trago a su café y se inclinó sobre la mesa.

—Óscar, tienes que ser consciente de que, para una chica de dieciséis años, por madura que sea, es posible que tú solamente seas el chico mayor y con dinero que la va a pasear durante un tiempo.

Óscar frunció el ceño.

—¿Con dinero? Tío, sirvo hamburguesas.

—Aun así, tienes un empleo. Ella todavía dependerá de sus padres.

Asintió algo ofendido.

—Pues ya que parece que lo tienes todo bajo control, hablemos de ti. ¿Qué tal con Sofía?

Kike despertó de su indignación y arqueó las cejas. Parecían decir «¡eso, eso, cuéntanos!»

—No tengo nada que contar. ¿Qué queréis saber? Entre ella y yo no hay más que lo que visteis ayer. Sólo es una amiga, nada más.

Óscar sonreía feliz por haber desviado la atención de su *problema*.

—Solo queremos saber... si tienes pensado... *making love in the green grass, behind the stadium with you, my brown eyed girl* —comenzó a cantar en voz baja y aumentó el tono progresivamente—, *youuuuu, my brown eyed girl...*

Daniel abrió los ojos de par en par y se ruborizó cuando los demás clientes se giraban para observarlo.

—*Do you remember when we used to sing...* —Kike se unió a Óscar.

—*¡Sha la la la la la la la la la la te da!* —cantaron a dúo, con coreografía incluida, el clásico de Van Morrison que habla sobre una chica de preciosos ojos marrones. Alguno en el bar hasta daba palmas. Cuando iban a cantar los coros por quinta vez, Daniel los interrumpió.

—¡Ya basta!

El local se sumió en un silencio incómodo.

—Vámonos de aquí, que quiero hacer macarrones y estáis desvariando.

Pagaron los correspondientes cafés en la barra y cruzaron la puerta. Entonces Daniel se sorprendió tarareando.

—*Sha la la la la la la...*

Kike y Óscar se miraron y estallaron en sendas carcajadas.

—Mierda, me habéis pegado la dichosa canción.

LA FUENTE de macarrones olía de maravilla.

—Kike, ve preparando la mesa. Esto ya casi está.

—Vale, pero antes quiero ver la guarrada que estás preparando —respondió el cubano con guasa—. Tengo que reconocer que tiene buena pinta. ¡Huele que alimenta!

—Pues mejor sabrá. —Daniel esbozó una sonrisa. Cocinando había recuperado el buen humor que había perdido en el bar.

—¿Qué es exactamente? —preguntó Kike, observando la fuente.

—Una vieja receta que hacía mi madre. Son unos macarrones con tomate frito y chorizo, normales y corrientes, pero bañados en bechamel y gratinados con una capa de queso rallado.

—Vaya mezclas más raras hacía tu madre.

—Si no terminas rebañando el plato, friego yo.

—A ver, ¡déjame probar!

Kike se disponía a meter la mano en la bandeja cuando recibió un cachetazo de su amigo.

—¿Pero qué haces? Espérate a que los gratine y los pruebas en la mesa como un hombre adulto, y no como un cavernícola.

—*Diantres*, *papi*, cómo te pones. Sólo quería dar mi opinión.

Llamaron a la puerta.

—Vete a ver quién es mientras yo meto esto en el horno —ordenó Daniel—. ¡Y pon la mesa de una vez!

Nada más cerrar la puerta del horno, Daniel escuchó algo al otro lado de la casa que hizo que torciera el gesto. Salió para ver qué estaba pasando.

—Kike, tío, todavía no has puesto la me... ¡Entrenador! ¡Qué sorpresa!

Eric Miller entró al salón con manos en los bolsillos. Le estrechó una a su jugador estrella y dijo, sonriendo:

—¿Molesto?

—En absoluto, míster. —Daniel fingió una sonrisa mientras se quitaba el delantal. Dentro de su pecho, el corazón se aceleró; no le gustaban las sorpresas de este tipo—. ¿Qué te trae por aquí?

—Quería felicitarte de nuevo por el partido del otro día. Estuviste fantástico. Sin ti no creo que hubiéramos ganado.

—Muchas gracias.

—Como te estarás imaginando, no he venido a vuestra casa para decirte eso.

—Tú dirás, entonces. ¿Quieres quedarte a comer? Íbamos a empezar justo ahora.

—Ha hecho pasta con tomate y no se qué mierda gratinada —añadió Kike, a quien Daniel dedicó una mirada de desprecio.

—No, muchas gracias por la oferta, pero me espera mi familia en casa. Sólo quería comentarte algo importante. ¿Podemos sentarnos?

Daniel tuvo un mal presentimiento. Se sentaron en el sofá.

—Esta mañana me ha llamado el presidente.

Kike frunció el ceño.

—¿El presidente?

Daniel pensó frenéticamente las diferentes posibles causas por las que el hombre de más poder en el club podría llamar a Eric para algo relacionado sobre él. No se le ocurrió ninguna.

—Sí. El presidente, nada menos.

—¿Qué quería? —inquirió Daniel.

—Mañana será tu último partido con nosotros.

Daniel frunció el ceño. El corazón estaba a punto de salírsele del pecho.

«¿Qué?»

Eric sonrió al advertir su palidez.

—Tranquilo, me he expresado mal. No vas a volver a jugar con nosotros porque a partir de ahora formarás parte del primer equipo. Te van a ascender.

Las mejillas de Daniel recobraron el color. Aun así, no fue capaz de articular palabra.

Eric se tomó una pausa para deleitarse con la buena nueva y finalmente sentenció:

—El próximo fin de semana irás convocado para el partido contra el Valencia. Puede que debutes en primera división.

Daniel empezó a temblar.

Kike, por su parte, se llevó las manos a la cabeza.

—¡Vamos Dani, reacciona! —Eric extendió los brazos y soltó una carcajada—. Esto es lo que querías, ¿no?

Daniel tragó saliva y respiró profundamente.

—Joder entrenador, muchísimas gracias.

Estaba tan nervioso que necesitó levantarse y caminar sin rumbo por el salón.

—No suelo hacer este tipo de cosas, Daniel. Me refiero a ir a la casa de un jugador un sábado a la mañana para darle una noticia. —Eric se frotó las manos y se incorporó—. Lo hago porque creo que puedes llegar lejos. Confío en ti. Pero ahora te queda lo más difícil: demostrarles que tienes calidad para asentarte en el primer equipo. No me decepciones, ¿de acuerdo?

Daniel se detuvo con los brazos en jarra y asintió con la cabeza. No podía asimilar nada que se le dijera en ese momento.

—Ahora os dejo comer, chicos. —Miller se dirigió a la puerta—. Espero que tengáis una botella de cava a mano, esto se merece un brindis.

Kike abrió la puerta y ambos compañeros se despidieron de su entrenador con cortesía. Cuando se quedaron solos, se miraron mutuamente, petrificados y sin decir una sola palabra durante un tiempo. Al final, Daniel apretó los puños y abrazó a su amigo.

—¡Vamos, joder!

Kike lo apretó contra sí. Después bailaron y cantaron por todo el salón. Tan eufóricos estaban que, para cuando advirtieron el olor a quemado, ya fue demasiado tarde.

—¡Mierda, los macarrones!

12

Leí la nota del quinto viernes con desilusión. No entendía nada.

Ya resultaba evidente que aquel hombre no llevaba malas intenciones conmigo, pero eso no impedía que sufriera trastornos mentales o problemas de personalidad. Hasta cabía la posibilidad de que fuera un simple crío cuyos padres vivían al margen del peligroso juego en que su hijo se estaba metiendo. No, imposible. Ningún niño tendría ese *modus operandi*. ¿Un chaval escribiendo con un estilo tan seductor? ¡Venga ya!

Esta fue mi réplica:

Nada más escribir el cierre del interrogante, lancé mi pregunta hacia su ya habitual destinatario. De pronto tomé consciencia de lo que había escrito. ¿De verdad quería que eso pasara? ¿Cómo habría actuado si un desconocido me hubiera parado en plena calle asegurando ser *el admirador de los viernes*?

Llevaba unos días intentando adivinar cómo era. Dibujaba en mi mente a un hombre caballeroso, más alto que la media y con algunas canas asomando entre una poblada cabellera negra. Sí, decidí que sería mayor que yo, un poquito al menos. Puede que, cansado de desengaños amorosos, ahora se hubiera quedado prendado de la perdedora del tercero, esa pelirroja que escucha a Beethoven y hornea magdalenas los viernes por la tarde con escaso éxito.

Mis ensoñaciones se vieron interrumpidas

por algo que golpeó las puntas de mis dedos del pie. Era una nueva respuesta:

Ya te lo he dicho, no soy un acosador.

¡Jolín, se está poniendo pesadito el tío!, protesté en mi interior. Si quería verme, ¿por qué simplemente no llamaba a la puerta?

Eso era lo que de verdad deseaba en mi fuero interno: revelar su identidad, conocer su historia. Pero no lo haría, no le daría el gusto de salirse con la suya. Si quería conocerme, tendría que ganárselo.

Me imaginé abriendo la puerta e inmediatamente me llevé la mano a la boca.

¿Dónde me estaba metiendo?

13

Sentado junto a su taquilla, Daniel se concentraba. Estaba relajado y ansioso a partes iguales. Escuchaba el clamor de los aficionados a través de las paredes del vestuario mientras se imaginaba el aspecto que tendría el pabellón. El color naranja predominaría en la grada, y una ruidosa orquesta estaría ya tocando en uno de los fondos, detrás de la canasta. Los aficionados más fieles ondearían grandes banderas con el escudo del club, dando a la cita un ambiente casi épico. Adoraba aquellos momentos a solas con su conciencia, por fin limpia. Todo iba bien, su confianza rebosaba. En unos segundos se iba a levantar, iba a empezar a jugar a ese deporte que siempre había amado y ganaría el partido para su afición. Si todo salía bien, este sería el último partido con ellos.

Se incorporó con cuidado, se observó en el espejo, dio un par de fuertes palmadas y salió por la puerta. Levitó, más que caminó, a lo largo de vacíos y oscuros pasillos. La semana siguiente debutaría con el primer equipo en la primera división, pero Daniel no era consciente de que el partido realmente importante era el que estaba a punto de empezar. Tan importante era, que lo cambiaría todo para siempre.

Unas horas antes, Ricardo Santos había contestado al teléfono.

—Hola... Ricardo.

—¡Sofía! ¡Qué sorpresa! No esperaba tu llamada. ¿Qué tal todo?

—Bien, bien. ¿Qué tal tú?

—Pues ahora mismo, en los columpios. Aprovechando la mañana de domingo con mi princesita. Esta pequeña diablesa no pierde las ganas de jugar. ¡No sabes cómo me absorbe!

—¡Y lo que te gusta! Que se te cae la baba, padrazo.

Ricardo soltó una carcajada.

—Oye, ¿llamabas por algo en especial?

—Sí, perdona. Sólo quería hacerte una pregunta rápida.

—Por supuesto.

—Pues a ver, te parecerá raro pero... ¿sabes a qué hora es el partido de hoy?

—¿Qué partido?

A Sofía le tembló la voz.

—El de tu hermano.

—¿El de Dani? ¿Y ese repentino interés?

—Nada, sin más, que quería preguntarle una cosilla después del partido.

—El partido empieza a las seis.

—Genial, gracias.

—¿Y no será que hay algo entre vosotros, pillina?

—¡Qué dices, tío! Si Dani tiene novia.

—¿Dani con novia? Primera noticia.

—Me lo dijo él mismo.

—Pues no tenía ni idea. ¿Te dijo cómo se llamaba?

—No, la nombró por encima. No quise preguntar.

—Pues igual debiste haberlo hecho, porque a mí no me lo va a contar.

Se produjo un silencio que duró unos segundos. De pronto, alguien gritó a Ricardo desde lejos. Era su mujer.

—¡Cariño, tenemos que irnos!

—¡Si, ya voy! —contestó Ricardo—. Sofía, como ves tengo que dejarte.

—No te preocupes —contestó Sofía.

—Cuídate, enana. ¡Un beso!

—Un beso Ricardo. Y muchas gracias de nuevo.

Nada más colgar, Sofía buscó en la agenda el contacto de Daniel y se quedó mirándolo durante unos segundos. Respiró profundamente y le escribió un mensaje.

—¿Cómo estás, hermanito? —Ricardo sonrió amablemente.

La boca de Daniel se abrió por la sorpresa de ver a su hermano mayor al otro lado de la puerta. Aquello no era normal. A decir verdad, no recordaba la última vez que Ricardo le había hecho una visita a su casa. Lo miró de arriba abajo. ¿Debería invitarlo a pasar o por el contrario echarle de un portazo?

—He venido a traerte mi amuleto de la suerte, para que lo uses durante el partido —dijo Ricardo, sosteniendo una muñequera usada.

—Gracias. ¿Quieres entrar o estás de paso?

Solo pretendía ser educado. A pesar del

detalle de la muñequera, no estaba de humor para aguantar la compañía de su hermano. Necesitaba estar concentrado para el partido.

—Pensé que no me lo ibas a pedir —respondió mientras se quitaba la americana. Daniel intuyó un deje de arrogancia en sus palabras. Le recordó al típico *gentleman* de Hollywood con ese peinado tan concienzudo. Utilizaba un dispensador de gomina, si es que tal cosa existía.

Lo guió hasta el salón y se sentaron en el sofá, distanciados un metro entre sí.

—Veo que entre el baloncesto y la tienda no tienes tiempo para redecorar esto —dijo Ricardo mirando en derredor.

«¿Cómo te las arreglas para hacerme sentir siempre como una cucaracha?», le hubiera gustado decirle a Daniel. Sabía que sus palabras no traían mala intención, pero no podía evitar sentirse pequeño con cada frase de su hermano.

—Pero bueno, parece limpio —siguió Ricardo.

—Gracias, estuve limpiando... eh... ayer.

Ricardo asintió con aprobación.

—¿Quieres beber algo? ¿Una cerveza? ¿Un refresco? —preguntó Daniel, esperando nuevamente un no por respuesta.

—Una cerveza, gracias.

Al de un rato, Daniel regresó de la cocina con un botellín de cerveza y otro de agua mineral.

—¿Qué tal Teresa y la niña?

—Bien, muy bien, como siempre. La cría crece a una velocidad de vértigo. —La boca de Ricardo se curvó con orgullo.

Daniel se sintió como un completo extraño al lado de su hermano. Se dio cuenta de que no sabía nada de su vida, y apenas tenían temas de conversación para hablar. Hacía ya mucho tiempo que no compartía sus vivencias y anécdotas con él, y posiblemente ya era demasiado tarde para recuperar esa faceta de sus vidas.

—¿Y algo reseñable que contar? Como por ejemplo, ¿qué haces aquí? —Daniel inmediatamente se dio cuenta de su grosería—. Quiero decir, ¿a este oscuro y peligroso barrio al sur de la capital?

—No, nada importante. ¿Y tú? ¿Algo que contar?

—Nada en especial.

Ricardo dio un sorbo al botellín y carraspeó.

—¿Y qué me dices de esa novia falsa que te has inventado?

A Daniel, la pregunta le sentó como si le hubieran dado una patada en los testículos. Miró a su hermano a los ojos, pero no contestó.

—Dani, sabes perfectamente de lo que hablo.

«Deja de mirarme como si fueras distinto a los demás.»

Daniel se sentía insultado. No encontró el ánimo de ser ni siquiera educado con su hermano. No tenía por qué intentar hacer comprender a aquella mente tan perfecta la compleja situación sentimental por la que estaba pasando. Realmente, lo que de verdad quería era ver a su engreído hermano fuera de su casa.

—No es asunto tuyo —se limitó a responder.

—Pues es asunto mío cuando Sofía me llama por teléfono completamente desorientada. ¿Tienes algo que explicarme?

—No, Ricardo —dijo Daniel, intentando no perder la calma—. No tengo nada que explicarte porque, te repito, no es de tu incumbencia. Y que sea la última vez que hablas con Sofía de mí a mis espaldas. —Le tembló la voz. Era la primera vez que se enfrentaba a él.

Ricardo resopló con fuerza. Después dijo:

—Si quieres hacer el capullo, estás en tu derecho. Pero no juegues con Sofía.

—Aprecio mucho el consejo —ironizó Daniel—. ¿Algo más?

Ricardo lo miró con impotencia.

—Será mejor que me vaya —dijo al fin.

—Sí, será mejor.

—Suerte en el partido. —¿Era eso sarcasmo?—. Y gracias por la cerveza.

—Gracias a ti por la muñequera —respondió.

Ricardo atravesó rápidamente la puerta sin volver la cabeza. Daniel cerró de un portazo, cogió el amuleto de su hermano y lo arrojó con desprecio a una esquina del sofá. No pensaba llevarlo durante el partido, ese hombre había ido demasiado lejos.

Faltaban menos de tres horas para el comienzo del partido. Daniel y Kike estaban preparando sus bolsas de deporte. El cubano, más nervioso de lo habitual, daba conversación a Daniel para pensar en algo que no fuera el partido.

—A ver si he entendido bien —dijo mientras metía la camiseta de juego en la bolsa—. Pasas un rato genial con una chica que, por lo que veo, te gusta. —Daniel hizo una mueca—. En fin, no veo que lo desmientas. Además, la chica parece que está soltera, y es evidente que tiene interés en ti.

—Ajá. ¿Y qué es lo que no entiendes?

—¿Estás de broma, *pendejo*? Pues que le has hablado de una supuesta novia tuya, ¡que no existe!

—Sí que existe.

Kike lo miró perplejo y se encogió de hombros.

—Como quieras. Sigue engañándote a ti mismo. —Cerró la cremallera de la bolsa y estiró los brazos hacia el techo—. Yo ya estoy listo. Vámonos o llegaremos tarde.

—Sí, vamos —afirmó Daniel con semblante reflexivo—. Ahora tenemos cosas más importantes en qué pensar.

Cuando estaban saliendo por la puerta, Daniel se detuvo.

—Un momento —dijo—. Me he dejado el teléfono.

Al cogerlo de la mesa del salón, leyó lo que ponía en la pantalla. Mensaje de texto, número desconocido. Extrañado, lo leyó:

La mirada hechizante que Sofía le dirigió la otra noche en la terraza regresó a su mente. Le sorprendió su propia sonrisa al leer el apelativo de «niño». Atravesó la puerta sin hablar, no le apetecía dar explicaciones de por qué un simple mensaje de texto le había arreglado el día.

LOS JUGADORES ESPERABAN en el centro de la pista a que el árbitro pitara el inicio del partido. Daniel no le quitaba ojo a la pelota, estaba ansioso por empezar. En la grada estaba el entrenador del primer equipo y él lo sabía. Quien no estaba era Sofía. A pesar del mensaje, Daniel albergaba cierta esperanza de encontrarla entre el público. Deslizó la mirada hacia Iván, la estrella del equipo contrario. Lo miraba fijamente. ¿Pretendía intimidarlo?

Desde luego, no parecía el amigo que un día fue. Entonces recordó el fortuito encuentro que tuvieron la última vez que coincidieron, en la inauguración del local de Ricardo. Sus palabras había sonado a amenaza. ¿Realmente lo fueron? Daniel se preparó para un enfrentamiento a cara de perro.

El partido comenzó a un ritmo frenético. No era el tipo de partido que Eric Miller había planeado, pero Daniel se sentía cómodo; había empezado enchufado. A pesar del juego duro del equipo contrario, pronto se distanciaron en el marcador. Daniel defendía como un gladiador y atacaba como una bailarina. Era como volver a jugar en el patio del colegio. Quienes mejor lo conocían, lo advirtieron en su expresión: serena como la de quien sabe lo que va a suceder a continuación, pero alegre como la de quien ha superado todas las expectativas.

A medida que la distancia en el marcador crecía, los jugadores rivales jugaron más sucio. Los decibelios subieron cuando Miguel sufrió un sucio codazo en la barbilla justo cuando se disponía a tirar a canasta. El árbitro pitó falta, pero no sirvió de mucho. Los jugadores se enzarzaron en una absurda pelea mientras los aficionados en las gradas se desahogaban participando verbalmente en aquella batalla campal. Entonces Daniel vio a Iván aparecer entre empujones. Le propinó un seco puñetazo en la ceja. Lo tumbó.

Eric saltó de la silla y se internó en la pista.

—¿Te has vuelto loco?

Kike, que en ese momento descansaba en el banquillo, tuvo que sujetarlo para evitar que hiciera una insensatez. Mientras, el árbitro expulsaba a Iván del partido.

—¿Te la has follado ya? —gritó Iván fuera de sí, mientras era arrastrado fuera de la pista por sus compañeros.

Todavía mareado, Daniel se revolvía en el suelo. No conseguía detener la hemorragia y la sangre manaba a borbotones de su ceja. Con su ojo sano, pudo ver cómo los aficionados despedían con insultos a su agresor, mientras éste caminaba hacia los vestuarios con actitud desafiante.

Daniel fue asistido enseguida y en el descanso le graparon la brecha; iba a poder terminar el partido. Mientras soportaba el dolor de la aguja atravesando su piel, no dejaba de darle vueltas a la reacción violenta de su antiguo compañero.

El partido se reanudó y Daniel volvió con una venda cubriéndole la cabeza. Tras el altercado, el encuentro se volvió tranquilo. Pero en la vida, al igual que en una partida de póker, el detalle más insignificante en el momento más inesperado puede cambiarlo todo por completo.

A veces somos castigados sin motivo, simplemente porque así debe suceder. Ya sea de manera accidental o por decisión propia, no hay nada que se pueda hacer para cambiar el rumbo del destino.

El partido estaba en juego cuando, en la grada, un señor se levantó para comprar un refresco porque su mujer tenía sed. Al moverse entre los asientos, tuvo que detenerse porque a otro aficionado de la misma fila le sonó el teléfono sin darse cuenta de que estaba impidiéndole el paso. Hasta que el hombre que hablaba por teléfono se percató, pasaron unos segundos. Finalmente, el señor del refresco salió de la fila. Mientras tanto, Daniel escuchaba las órdenes de Eric Miller en un tiempo muerto del partido. Unos segundos después, el hombre llegaba al puesto de refrescos.

En la fila del mismo puesto de refrescos, una pareja discutía porque ella se acababa de enterar de que él le había sido infiel con otra mujer, todo esto mientras el tiempo muerto se llevaba a cabo. El señor cuya mujer tenía sed tuvo que esperar a que la pareja discutiera, y al fin pudo pedir dos refrescos. Pero era evidente que ese no era día para tener prisa, porque el barman del puesto de refrescos se vio obligado a estrenar un nuevo rollo de monedas. Cuando el barman dio el cambio al señor, Daniel había vuelto al partido y se disponía a defender.

Mientras Daniel defendía, un aficionado que ondeaba una bandera porque el base del equipo contrario había fallado un triple, golpeó sin querer al hombre de los refrescos, que volvía a su asiento en ese momento. El choque hizo que uno de los refrescos se derramara sobre una chica que estaba sentada en la segunda fila, delante del joven de la bandera. La chica, que no estaba prestando atención, se levantó y gritó sobresaltada. Esta acción asustó a un niño de once años que veía el partido con una pelota en las manos mientras Miguel cogía el rebote tras el tiro fallado por el base del equipo contrario. El niño soltó la pelota, que cayó a la pista a la vez que Miguel, tras botar el balón una sola vez, se lo pasaba a Daniel. Al mismo tiempo que la pelota del niño entraba en la pista botando lentamente, Daniel corría el contraataque hacia la canasta.

Muchas cosas pudieron suceder de forma diferente en un intervalo de apenas tres minutos. Si Miguel no hubiera botado el balón tras coger el rebote debido al fallo del base del equipo contrario; o si la chica de la segunda fila hubiera asustado al niño del balón un segundo más tarde; o si el hombre hubiera tenido dinero justo para pagar los refrescos y el barman no hubiera tenido que abrir el rollo de monedas; o si la pareja no hubiera discutido porque él no le hubiera engañado a ella con otra; o si nadie hubiera llamado por teléfono al aficionado que estaba sentado en la misma fila que el señor; o si la mujer del señor no hubiera tenido sed en ese preciso momento, Daniel habría terminado la jugada con una canasta sencilla.

Pero tal y como es la vida, donde una inocente acción puede depender de una serie de imprevistos accidentes sin el control de nadie, esa pelota no pasó junto a Daniel, sino que se detuvo bajo sus pies justo en el momento en que encestaba la canasta.

Daniel pisó el balón y cayó al suelo de manera incontrolada.

Ante la atónita mirada de todos los presentes, Daniel quedó tendido, inmóvil, sobre el parqué.

14

LOS RELOJES del hospital de La Paz de Madrid daban las tres de la mañana. A esas horas, en el pasillo solo se oía el murmullo irregular de los halógenos del techo.

Ricardo estaba recostado sobre una silla de plástico. Sentía como si el suelo se moviera bajo sus pies. Era como si el tiempo se hubiera detenido. Se quedaría allí sentado con la mente en blanco hasta que, como cada noche, le venciera el sueño.

«No se lo merece. Mi hermano no merece estar ahí dentro —se dijo, cubriéndose el rostro—. Él es mucho mejor persona que yo, ¿por qué él? Todo esto tiene que tener un sentido, un porqué. ¡Pero no lo veo!»

Las lágrimas resbalaron por sus manos.

Los sollozos fueron remitiendo, dando paso a un silencio sobrecogedor. En el instante en que su conciencia se mezclaba con el mundo onírico —ese momento del día en que aún podía ser un poco feliz—, el tacto de una mano en su hombro le sobresaltó.

—Vamos, Ricky, ¿sigues aquí? —Era Jaime Vergara, neurólogo y antiguo amigo de la infancia de Ricardo—. Tu familia te estará esperando en casa.

Ricardo suspiró con fuerza, y con el ánimo de quien ha perdido cualquier motivación para seguir viviendo, respondió:

—Mi familia se muere ahí dentro.

—¿No mejora la situación en casa? —Jaime se sentó a su lado—. Si puedo ayudar en algo...

«Lo único que puedes hacer es curar a Daniel.»

—No, no van bien las cosas en casa. —Ricardo hablaba entre suspiros entrecortados, como si cada palabra que salía de su boca le doliera en el corazón—. Es raro el día que Teresa y yo no discutamos. Pero, ¿sabes? —Se volvió y miró al doctor con un punto de locura—. Me importa una puta mierda. Mi vida se desmorona día a día junto a la suya —dijo, señalando la puerta de la habitación de enfrente. Después se echó a llorar.

«Dicen que la noche y la oscuridad traen consigo los peores pensamientos y presagios. Por el bien de todos, más vale que la luz de la mañana traiga esperanza y buenas noticias». Estas palabras rondaban la mente del Doctor Vergara mientras acompañaba a su viejo amigo en silencio, en un escenario donde las sombras en la pared eran las únicas que bailaban.

EL AMBIENTE dentro de la habitación no era más optimista que en el pasillo. De pie frente al ventanal, Sofía contenía el llanto mientras observaba las luces de la noche. ¿Qué estaba esperando? Un milagro quizá, un cambio, una respuesta. Hacía unos meses no tenía ningún contacto con el muchacho que ahora estaba tendido a su derecha, y ahora su vida consistía en observar cómo no se movía, en escuchar lo que no decía y en decir lo que no escuchaba. Pensaba en lo cabrón que era el destino, que a veces te hacía jugarte todo a una carta siendo la recompensa la miseria absoluta. No podía evitar desear no haberse reencontrado con él en ese ático, y se maldecía por pensar de esa manera.

Tendido en la cama y rodeado de máquinas, cables y dispositivos electrónicos, Daniel dormía pálido como un cadáver. Llevaba semanas en coma asistido. Su vida (o lo que quedaba de ella) dependía de una serie de cables que lo aprisionaban, y un pitido agudo de frecuencia constante era la única prueba de que sus constantes vitales seguían estables.

En el otro extremo de la habitación, separada por una cortina, había otra cama. Sofía no sentía curiosidad por la historia de quien dormía en ella. Solo alcanzaba a ver la placa identificativa que colgaba al pie de su cama. El compañero de habitación de Daniel se apellidaba Hirtenstein.

Sofía no se giró cuando se abrió la puerta. Sabía quién era.

—Oye, guapa, escúchame. En cuanto haya algún síntoma de recuperación, serás la primera a la que avise.

Mientras hablaba, Jaime se aproximó a ella. Después apoyó sus manos en los hombros de Sofía con entrañable mimo. Para ella fueron los segundos más agradables del día.

—Ricky por fin se ha ido a casa. Deberías hacer lo mismo.

Sofía mantuvo la vista en el horizonte madrileño cuando preguntó:

—¿Tienes esperanza? Con sinceridad.

—¿La verdad? No muchas.

Al escuchar la respuesta, tan temida y esperada a la vez, el cuerpo de Sofía se tensó. Tuvo que luchar para no ponerse a llorar delante de Jaime. Al final, explotó. Se giró, y acurrucándose sobre el pecho del médico, sollozó:

—No es justo, Jaime, ¡esto no es justo! ¡Esto es una mierda!

Rompió a llorar. Los brazos de Jaime la abrazaron como si fuese una niña. Mientras Sofía recibía su consuelo, a medio metro de distancia Daniel libraba su particular lucha interior.

Era la batalla de su vida.

15

Cuatro años antes, Daniel había visitado Gandía por primera vez. A pesar de tratarse de un destino vacacional, no era ese el motivo de su visita; el equipo estaba en plena gira de pretemporada y Gandía era uno de los pueblos costero donde iban a jugar.

Era un sábado de agosto, y los miembros del equipo habían sido invitados a una fiesta playera donde se promocionaba cierta bebida espirituosa. Debido al partido, que acababan de perder por un error suyo, Daniel se encontraba cansado y de mal humor. No estaba de ánimo para escuchar al DJ aficionado de turno versionando los últimos éxitos del verano. Solo quería quedarse en la habitación del hotel, cenar tranquilamente y ver la televisión en ropa interior mientras devoraba la caja de galletas más dulces del supermercado. Pero el universo no iba a dejar que disfrutara de ese simple plan. Todo el equipo acudiría a la fiesta, y él estaba moralmente obligado a acompañarlos.

Daniel, Miguel y Kike salieron del apartamento con destino a la playa después de que el cubano se tirase más de media hora encerrado en el baño. A pesar de sus oraciones, ningún tsunami surgió de repente, arrasando la costa y arruinando la fiesta. No había marcha atrás, irían a *pasarlo bien*. Tendrían que atravesar aquellas abarrotadas callejuelas llenas de niñatos hormonados y familias que se paraban en cada escaparate para finalmente no comprar nada. En el paseo marítimo tuvieron que detenerse en varias ocasiones porque algunas parejas de enamorados querían sacarse fotos frente al mar justo cuando ellos pasaban. También fue *accidentalmente* empujado por un par de señoras que, al ir hablando de sus cosas, no se dieron cuenta de que cambiar de ritmo en esas circunstancias podía provocar una colisión fatal. Daniel estaba irritable y no tenía por qué soportar todo aquello ni un segundo más. Quería sus calóricas galletas.

A pesar de lo extensa que era la playa, los organizadores del evento habían acordonado un reducido espacio en la arena reservado para la fiesta. Muy inteligentes. La aglomeración fue mayor que la esperada. Además, el hombre del tiempo había asegurado que esa noche bajarían las temperaturas, de modo que Daniel salió con un jersey de algodón por encima de una camiseta blanca. Fue engañado. Esa noche fue tan calurosa como las anteriores, y a Daniel no le quedó más remedio que llevar el jersey colgado de la mano si no quería empezar a sudar.

Cuando el DJ deleitó a los presentes con sus calamitosas versiones, muchos se transformaron en pequeñas bestias ansiosas por saltar, bailar y, por encima de todo, beber. Daniel tuvo que acudir al recurso de emergencia: los codos afilados. Mientras avanzaba hacia la barra del chiringuito pinchando espaldas con sus brazos, volvió a pensar en su cama mullida, su pijama recién lavado y sus galletas de chocolate.

—¿Por qué le ponen plantas a las copas? —preguntó Miguel observando con curiosidad el interior de su vaso de plástico.

—Es hierbabuena —contestó Daniel—.

La maceran con lima y azúcar antes de servir el alcohol.

—¿Macerar? ¿De qué hablas?

—Es... No importa, el caso es que los mojitos se hacen así.

—Pues sabe a menta.

—Pues no lo es. Es hierbabuena. Es un ingrediente del mojito. Kike, tú eres cubano. ¿Puedes explicar a Miguel cómo se hacen los mojit...?

Pero Kike había desaparecido.

—¿Te lo puedes creer? —Volvió a dirigirse a Miguel—. Tanto tiempo esperando a que terminase en el cuarto de baño y ahora nos deja tirados a las primeras de cambio.

—Indignante —se limitó a contestar el grandullón.

—No sé a qué hemos venido aquí, está claro que este no es nuestro... ¿Miguel? —Otro que había desaparecido. Al levantar la cabeza, Daniel pudo ver a Miguel acercándose a un grupo de jóvenes ebrias.

Daniel suspiró resignado. Si Miguel les sacaba el tema de los mojitos, no había nada de qué preocuparse.

Pensó en dar una vuelta antes de regresar al apartamento cuando, al volverse, hizo saltar por los aires una copa de vino que sostenía una mano femenina. La mala suerte quiso que una gran cantidad del brebaje fuera a parar al vestido blanco de aquella señorita que...

—¡Joder! —fue lo único que acertó a articular Daniel.

La sonrisa de la veinteañera radiaba más luz que los farolillos cutres que decoraban la fiesta. El aceitunado color de su piel contrastaba de manera casi poética con el blanco intenso de su vestido.

—¡Mi vestido! —exclamó ella frotando las manchas de vino.

—Lo siento, lo siento mucho. ¿Estás bien?

—Sí, no te preocupes. Ha sido un accidente.

—¡Seré imbécil!

Ella intentó consolarlo posando la mano en su hombro.

—Mira, coge mi jersey, es todo tuyo —le ofreció el—. Sé que no es muy bonito y, qué narices, ¡es de hombre! Bah, al menos te tapará.

Ella sonrió sin dar crédito. Sus ojos brillaban.

«¿Al menos te tapará? ¿Pero qué coño digo? Ahora pensará que creo que es una fresca que va enseñando demasiado. Que, todo sea dicho, es el escote más excitante que he visto en mi vida.» Todos estos pensamientos pasaban por la cabeza de Daniel cuando ella habló.

—Qué amable eres —dijo, aceptando el jersey—. Me queda grande, pero me gusta cómo huele.

—Te queda mucho mejor que a mí. De hecho, te queda espectacular.

«¿Pero qué dices, idiota?»

—¿Cómo te llamas? —quiso saber ella—. Yo soy Bea. —Se acercó para darle dos besos.

—Daniel, un placer.

—¿Qué te parece si nos vamos a un sitio más tranquilo? Esto es un poco agobiante.

Algo explotó en el interior de Daniel.

—¡Por favor! Totalmente de acuerdo. Estaba a punto de irme.

—Pues no se hable más. ¡Larguémonos!

Él repitió con entusiasmo esa palabra tan utilizada en las películas: «¡larguémonos!»

La joven, recién bajada del cielo para salvarle de una ruinosa noche, lo agarró de la mano y tiró de él hacia el exterior de la playa.

Al día siguiente, durante la hora de la comida, Daniel sucumbió a las preguntas de Kike y Miguel. «¿Dónde te metiste anoche?», fue la primera pregunta formulada, a pesar de la resaca de ambos. Daniel les habló de Bea y de cómo escaparon de la playa para acabar en un romántico club con palmeras, fuentes y ricos combinados. Les contó cómo estuvieron hablando sobre su adolescencia bajo la luz de las estrellas hasta que cerraron el local. Luego entró en detalle: su ondulado pelo negro azabache, sus achinados ojos grises y su hipnótico susurro. Durante los postres, ante la insistencia de sus amigos, Daniel admitió que había amanecido en el apartamento de aquella misteriosa mujer después de pasar una de las mejores noches de su vida.

Para Daniel, ese fue el primer día del resto de su vida. Lejos de quedar aquella noche de lujuria como una pequeña aventura, Daniel y Bea volvieron a verse. Nada más acabar la gira, Daniel pidió un par de días de vacaciones en su trabajo para volver a Gandía. Al segundo café frente a la playa, Daniel ya sabía que estaba ante *la* mujer. Se sentía fascinado por ser él mismo cuando estaba al lado de ella, de la misma manera que le gustaba todo de ella cuando era Bea la que no fingía. Cuando no estaban en la calle, se encerraban en el dormitorio y perdían la noción del tiempo. A Daniel le gustaba mirarse frente al espejo de la pared para contemplarse mientras hacían el amor. Esa era otra faceta en la que ella tampoco defraudaba. Lo tenía todo. La noche antes de volver a Madrid, fueron a la playa y se bañaron desnudos. Fue la primera vez que Daniel tuvo un orgasmo bajo el agua.

A la mañana siguiente, Bea lo acompañó a la estación de autobuses. Mientras disfrutaban del último café, Daniel solo pensaba en lo radiante que estaba ella con su vestido de color azul claro, que dejaba la zona superior del pecho al descubierto y apenas cubría sus hermosas piernas. Bea hablaba sin parar y él asentía. En realidad no tenía nada que decir. Se prometía a sí mismo que esa mañana no sería la despedida definitiva. No lo iba a permitir. Entre abrazos y alguna que otra lágrima rebelde, los dos enamorados decidieron que sería el tiempo el que decidiera lo que sería de sus vidas como pareja. Se darían un tiempo en la distancia para comprobar si realmente se echaban de menos.

Pero Daniel lo tuvo claro desde el principio.

Diez días después, se presentó en la puerta de casa de Bea con un enorme ramo de rosas y una rotunda declaración de amor. Ella lo besó con más pasión que nunca y lo arrastró al dormitorio, de donde solo salieron para picar algo de comer.

Desde aquel día, Daniel y Bea empezaron una relación a distancia. Compartían interminables llamadas de teléfono, muchas veces sin tener nada que contarse, simplemente por el hecho de escuchar la voz del otro a través del auricular. Daniel también tomó el hábito de mandarle cartas escritas a mano —en los tiempos que corren, donde el correo electrónico casi ha enterrado a los buzones, podía considerarse todo un acto de romanticismo—, y muchos fines de semana viajaban uno a la ciudad del otro para disfrutar de unos pocos días juntos. Pasó el verano y la relación maduró sin riesgo de explosión. Al caer el otoño, sobre la gélida arena donde él derramó el vino en el vestido de ella, se dijeron «para siempre». Y el planeta se detuvo.

Daniel casi había acariciado la felicidad plena cuando una losa cayó sobre su autoestima sin que él lo viera venir.

Las románticas llamadas telefónicas se fueron convirtiendo en aburridos monosílabos, y los perfectos planes juntos empezaron posponerse por negativas como: «entiende que este fin de semana tengo un viaje con las amigas que me apetece muchísimo, tú y yo podemos vernos cualquier fin de semana del año».

Sucedió en enero. La guerra tuvo lugar en la calle, pero fue en el salón donde Daniel lo vio: un mulato de cuerpo escultural sobre el amor de su vida. Era el cumpleaños de Bea y Daniel había cogido un tren a última hora. Quería darle una sorpresa, pero se la llevó él cuando los vio tendidos en el sofá. Sudando. Gimiendo. Fue ahí, bajo las curiosas miradas de los vecinos, donde el *para siempre* se convirtió en farsa.

Daniel nunca se repuso del todo. Pasaron los años y la encontró en Facebook. Tras mucho dudar, por fin contactó con ella. Bea se había casado con un arquitecto guapo (Daniel no habría soportado que fuera con el mulato) y estaba esperando su segundo hijo. Cuando ella le preguntaba por su vida, Daniel mentía. Aseguraba estar en un gran momento e inventaba proyectos laborales para impresionarla.

Nunca volvieron a verse, pero muy de vez en cuando se escribían para ponerse al día. A pesar de tener la certeza de que su tren con ella había pasado hacía mucho tiempo, utilizaba a Bea como excusa para no comprometerse en serio con ninguna otra chica. Era una coraza que le gustaba ponerse para combatir el pánico que, tras ver sus cuernos crecer, le provocaba el compromiso. Una coraza que se puso por última vez la noche de la fiesta en el ático, cuando se encontró con Sofía.

16

Ese viernes no pensaba quedarme en la puerta. En lugar de eso, me eché en el sofá con el último número de la *Muy Interesante*. El tocadiscos escupía música clásica, mi preferida. Tenía claro que no viviría condicionada por una hoja de cuaderno que tarde o temprano iba a resbalar bajo la rendija de la puerta, de modo que no perdería el tiempo en esperarla. ¿Acaso no podía hacer lo que quisiera a pesar de ser viernes por la tarde?

Esa vez la nota apareció antes de lo previsto. Lo aprecié al instante por haberme tumbado de forma que podía ver la puerta sin siquiera girar la cabeza. Dejé caer la revista sobre el sofá y corrí a por mi chute semanal.

Hice algo que no había hecho antes: me puse de puntillas y observé a través de la mirilla. Lo había planeado en algún momento de esa semana, tenía derecho a conocer su aspecto de una vez por todas. Aunque me negaba a admitirlo, mi plan de acción en los viernes posteriores iba a depender del nivel de atractivo del hombre en cuestión. Eché un vistazo a ambos lados del descansillo, en silencio, para que mi acto cobarde no fuese descubierto. No vi nada. El descansillo estaba iluminado, pero desierto.

En el instante en que me di la vuelta para continuar con mi vida corriente, un nuevo papel bailó y se detuvo entre mis zapatillas.

Inconscientemente di un paso atrás y apreté los dientes —esa noche me dolería la mandíbula por la tensión—. Perpleja, dejé caer los brazos y arrastré los pies hasta el salón, en cuyo sofá me dejé caer. Cerré los ojos y respiré profundamente.

—Odio a este tipo —murmuré con la cabeza hundida entre dos cojines.

No tenía ganas de pensar, necesitaba relajarme.

Beethoven me ayudaría a ello.

17

La enfermera entró en la habitación tarareando a saber qué canción. Corrió de par en par las cortinas de la ventana y la luz de la mañana iluminó el rostro de Daniel. Eva pensó que el brillo del día era engañoso, pues hacía más frío de lo que aparentaba. Tras colocarse instintivamente un mechón detrás de la oreja, se volvió hacia la cama.

—¡Buenos días, guapo! ¿Cómo hemos dormido esta noche?

Eva tenía la costumbre de establecer vínculos personales con todos sus pacientes, fuera cual fuera su estado, y Daniel, con lo apuesto que era, no iba a ser una excepción. Como no obtuvo respuesta, Eva se acercó con simpático caminar a las máquinas que le mantenían con vida para realizar la revisión protocolaria. Todo era normal. Después se giró de nuevo y, mirando con lástima a su paciente favorito, emitió un suspiro.

—Ay, pobre. Tan joven y tan guapo.

Eva se maldijo al percatarse de lo maleducada y bocazas que acababa de ser. Al otro lado de la habitación, una anciana no quitaba ojo a la otra cama, donde su marido dormía, sin siquiera prestar atención a los arrítmicos e inapropiados tarareos de Eva. Para remendar la metedura de pata, Eva se interesó por él:

—¿Cómo ve hoy al señor Hirtenstein? Hoy parece que tiene mejor cara —le preguntó a la anciana, que alzó la vista con una forzada semisonrisa.

—Eres muy amable chiquilla. Pero temo que mi marido no volverá a despertar —contestó en un castellano perfecto.

«Sea de donde sea el Señor Hirtenstein, su mujer no es de un lugar muy lejano de Madrid», pensó Eva.

En ese momento entró Sofía. Llevaba el periódico en una mano y una barra de pan en la otra. El transcurrir de los meses había hecho mella en su salud, pensó Eva. Ya no era la joven coqueta que deslumbraba por su mirada. Ahora era la viva imagen de la preocupación, descuidada y de áspero carácter. Sus ojos ya no brillaban.

—Buenos días —saludó con educación a la anciana. Después se dirigió a Eva—. ¿Alguna novedad?

—No, lo siento.

—No es culpa tuya. Tú sólo haces tu trabajo. —Sofía cogió a Eva del brazo y le dijo con complicidad—: Y, por cierto, lo haces fenomenal.

Los ojos de Eva se iluminaron.

—¡Ay, muchísimas gracias! Eres un cielo, Sofía. Ahora os dejo solos, que tengo que seguir trabajando.

Eva se dirigió a la puerta apretujando al pasar su prominente tripa contra el armario que sostenía las máquinas.

—Yo también me voy —dijo la anciana desde el otro lado de la habitación. Para asombro de Eva, se había olvidado por completo de ella una vez más.

Ambas mujeres salieron al pasillo, y cuando Sofía se quedó sola con Daniel, su semblante se ensombreció. Estaba ante la imagen de un desconocido a quien la unía una incomprensible conexión, una inexorable responsabilidad. Cada vez que lo visitaba en ese maldito hospital, era como si le rajaran el corazón con un bisturí.

Acercó una banqueta y se sentó junto a la cama.

—¿Cómo has dormido hoy, niño?

Pasó la mano por el cabello de Daniel con mimo, utilizando los dedos a modo de peine.

—¿No crees que deberías afeitarte? Estás hecho un asco.

Terminó la frase con un nudo que la pena le había formado en la garganta. Su rostro se contrajo al luchar por no romper a llorar. Al sostener la mano de Daniel con firmeza, Sofía se sentía bien por proteger a su amado. Porque sí, eso es lo que era, y no se avergonzaba por reconocerlo. Su amado. Ya era hora de admitir de una vez por todas que se sentía profundamente enamorada de un hombre con el que había conversado en contadísimas ocasiones. A menudo se veía estúpida al apoyar la cabeza contra su pecho para escuchar los débiles latidos de su corazón. Entonces se sentía en paz.

No había día que no se levantara de la cama preguntándose por qué llevaba meses acudiendo al hospital a diario, y sólo llegaba a una conclusión cuando le preguntaba a su corazón, que decía exactamente lo que ella quería oír; la cabeza era demasiado sensata como para hacerla caso.

Mirando a los ojos cerrados de Daniel, se sentía orgullosa de haberlo conocido, de amarlo. Se sentía dispuesta a recibirlo con una sonrisa cuando despertara de su letargo. El tiempo había transcurrido y nadie parecía creer en el milagro salvo ella, pero eso, lejos de amilanarla, le hacía sentirse especial.

Su mirada se perdió en las paredes de la habitación al recordar el encuentro en el ático de Ricardo, cuando su corazón dio un primer vuelco al verlo. Después su mente viajó a la agradable conversación en el bar irlandés, después del gran partido. Sofía solía aferrarse a ese recuerdo, porque fue la última vez que lo vio despierto.

—Muy bien, *estrella del baloncesto*, he sido la fan más valiente del pabellón al acercarme a saludarte, pero no sé mucho de ti. Creo que deberíamos conocernos un poco.

Daniel había sonreído, pero Sofía sabía que estaba casi tan nervioso como ella.

—Me parece bien, estoy preparado.

—¡Genial! A ver, déjame que piense mi primera pregunta... —Sofía se llevó el dedo a los labios y miró hacia el techo—. Vale, la primera es sencilla: ¿a qué te dedicas?

—Desde hace un par de años trabajo como informático en una tienda de ordenadores, e intento compaginarlo con el baloncesto. —Daniel dio un sorbo a la cerveza antes de continuar—. Y si mi entrenador me viera tomando alcohol después de un partido, mañana me pondría a correr durante todo el entrenamiento.

Sofía soltó una carcajada.

—Aunque lo de los ordenadores es temporal. Lo que de verdad quiero ser es jugador profesional de baloncesto.

Ella tragó de golpe, impresionada.

—Seguro que lo conseguirás —dijo.

—A los jugadores de primera división no se les permite beber después de jugar, así que voy a tener que replanteármelo.

—¡Qué imbécil! —Ella le dio un cariñoso puñetazo en el brazo.

Daniel le devolvió la sonrisa.

—Ahora me toca a mí. ¿Cuánto tiempo llevas viviendo en Madrid?

—En realidad no vivo en Madrid capital, sino en un pueblecito de las afueras. Mi padre y yo nos vinimos del pueblo cuando yo era una niña, y aquí he vivido desde entonces. Después estuve compartiendo piso con mi novio, pero acabó dejándome.

—Lo siento mucho. ¿Cuánto tiempo estuvisteis juntos?

—Seis años.

—No está mal. Y ahora, ¿a qué te dedicas?

Los ojos de Sofía se ensombrecieron, cosa que no habían hecho cuando mencionó su fallida relación sentimental.

—Lo cierto es que mi sueño es aún más imposible que el tuyo. Quiero ser bailarina. Actuar en un gran teatro frente a miles de personas. Pero lo único que he conseguido es dar clases de danza en una pequeña academia.

—Está claro que nos gusta soñar a lo grande.

—¡Perdone! —gritó Sofía al camarero—. ¿Nos puede servir una ración de patatas?

El camarero asintió y se puso manos a la obra.

—¿Patatas ahora?

—¿Por qué no? Las patatas sí están permitidas por tu entrenador, ¿o eso tampoco?

Daniel puso los ojos en blanco y resopló.

—¡Y vamos a tomarnos un chupito!

Una nube negra envolvió en penumbra la habitación del hospital, devolviendo a Sofía a la Tierra. Se cubrió la cara y se esforzó en no llorar, cosa que se había prohibido.

—En fin, veamos qué ha pasado en el

mundo —dijo, desplegando el periódico—. A ver... —Ojeó las primeras páginas—. *«Los primeros sondeos reflejan una bajísima participación en las elecciones autonómicas de la semana que viene».*

Se detuvo unos segundos para mirar a Daniel, que no se inmutó. Después respiró hondo y continuó.

—Está claro que no te interesan las elecciones. A ver qué te paree esto: *«El metro de Madrid salva in-extremis la huelga».* Bah, muy aburrido. Veamos la bolsa, que sé que esto sí que te interesa.

Sofía leía como si realmente hubiera alguien escuchándola.

—¡Anda, cómo ha subido! *«El índice bursátil alcanza su máximo mensual gracias a las tendencias alcistas de los principales bancos».* ¡Te vas a hacer rico, niño! —exclamó con una sonrisa.

Era su mayor nueva afición: imaginarse la reacción de Daniel con cada noticia y fingir que mantenían una conversación.

—Ahora los deportes, tu sección preferida. La selección de fútbol ha ganado y se ha clasificado para la Eurocopa como primera de grupo. Y, en fin, se han jugado varios partidos más.

Alguien abrió la puerta. Era el doctor Vergara.

—¡Jaime! —exclamó Sofía, sobresaltada por la irrupción del médico—. No te esperaba tan temprano. Sólo estaba... sólo leía el...

Él esbozó una sonrisa de anuncio.

—No te preocupes, estás en tu casa.

—Ojalá estuviera en mi casa.

—No te esperaba aquí, pensé que vendrías esta tarde. —Jaime mentía, era evidente. ¿Había usado a Daniel como excusa para tener un rato de intimidad con ella? La idea la halagó—. ¿Qué tal estás?

—He tenido días mejores. Encima este maldito frío me deprime aún más—. Al otro lado del cristal, el enrabietado viento azotaba las ramas de los árboles. Era un perfecto reflejo de su estado de ánimo.

—Es normal que tengas días peores. Mira, te propongo una cosa. ¿Te gusta la comida griega? Ahora me tengo que ir a comer, pero, ¿qué te parece si cenamos esta noche? Conozco un restaurante por aquí cerca que está de muerte, y a ti te vendrá bien tomar el aire.

Sofía contuvo la respiración. «¿Me está pidiendo una cita? —pensó rápidamente mientras lo observaba sin pestañear—. Algo es diferente en él.» Se tomó unos segundos para pensar la respuesta. Albergaba un absurdo sentimiento de culpabilidad hacia Daniel que le hacía sentirse mal. Por supuesto que le apetecía salir a cenar con Jaime, pero, ¿estaría engañando a Daniel por ello a pesar de que no les unía más que una extraña amistad?

—No pongas esa cara. Solo será una cena de amigos, para que cambies el chip.

Jaime acompañó el comentario con una sutil caricia en el brazo de Sofía por encima del jersey.

—Está bien, quedemos esta tarde —respondió finalmente, con el reojo clavado en Daniel—. Pero sólo como amigos, que quede claro.

Se percató de por qué lo veía tan diferente. En lugar de vestir su habitual bata blanca, Jaime llevaba una camisa azul que combinaba con sus ojos y que, remangada, le lucía sus bronceados y musculosos antebrazos.

—¡Estupendo! Te llamo esta tarde y lo concretamos, ¿vale?

—Espero que ese restaurante griego sea tan bueno como dices.

—Es una pasada. Te garantizo una cena que tardarás en olvidar.

—Ya veremos —respondió Sofía con un

deje de complicidad—. Ahora me voy, que tengo cosas que hacer.

—Muy bien. Que tengas un buen día, entonces. Te veo esta tarde.

Jaime se despidió con un guiño informal antes de volverse para realizar a Daniel el examen diario.

Sofía salía de la habitación con una singular mezcla de sentimientos cuando se dio de bruces con alguien que no esperaba.

—¡Ricardo! —exclamó—. ¿Qué tal estás?

Presentaba un aspecto vergonzoso, más propio de un mendigo que de un hombre de negocios. Llevaba una descuidada barba y desprendía un apestoso olor a sudor, como si no se hubiera aseado en días. Sofía lo miró de arriba abajo. Él le devolvió la mirada con semblante cansado.

—Es un gran hombre, Sofía. Me alegro por ti.

—Me tienes preocupada —dijo Sofía, deseando cambiar de tema a toda costa.

Él se encogió de hombros.

—Ricardo, no hemos hablado del tema desde el accidente. Nunca hablas de tu hermano. —Sofía hablaba con cautela. La reacción de Ricardo, visto su estado, era imprevisible.

Ricardo contestó con voz firme pero débil. La miraba con ojos cansados.

—Ya lo sé.

Sofía sostuvo su mirada y tensó los músculos.

—¿Y por qué no?

—Porque no sé de qué manera hablar de él. —Su voz se volvió aún más débil—. No sé si hablar de Dani en presente o en pasado. Si recuerdo sus cosas buenas y sus grandes momentos, es como reconocer que ha muerto. Si por el contrario hablo de él tal y como lo vemos ahora, el que quiere morir soy yo. —Mientras hablaba mantenía su mirada en un punto fijo del corredor, seguramente para no desmoronarse—. Mucha gente me pide que les cuente anécdotas de él. ¿Qué voy a decirles? Podría explicarles que las pocas jodidas veces que hemos hablado últimamente han sido para discutir, pero eso no es lo que la gente quiere oír. Tampoco puedo contarles ciertos buenos momentos que vivimos de niños, porque se trata de *nuestros* pequeños secretos.

Ricardo se mordió el labio inferior y apretó las mandíbulas. Estaba al borde del llanto.

—Haz tu vida, Sofía —sentenció—. No

tienes que velar por él. Sé feliz y olvídate de mi hermano.

El silencio invadió el pasillo del hospital como una bruma densa y gélida. Sin decir nada más, Ricardo se marchó. Sofía, envuelta en un mar de dudas, observó su andar parsimonioso. Por primera vez, cayó en la posibilidad de que quizá no volviera a hablar con Daniel. Inesperadamente, sintió alivio.

18

Era lunes y ya había empezado a anochecer
en la capital. A pesar del cielo despejado, corría una brisa que alcanzaba los rincones más
oscuros de las calles más estrechas de la ciudad. La luz crepuscular pintaba la cara oeste
de las fachadas de un nostálgico color anaranjado, y los primeros caminantes y deportistas
empezaban a brotar en los parques mientras
las oficinas y comercios escupían a trabaja-
dores cansados.

Óscar era uno de ellos. Tras abandonar la
hamburguesería, se dirigió a la boca de metro
silbando melodías improvisadas. Lo primero
que hizo nada más entrar por la puerta de su
estudio fue abrir la cerveza que le esperaba en
la nevera y encender el ordenador. Mientras

arrancaba, puso un disco de Springsteen en su equipo de música. Una divertida fotografía ocupaba el fondo de escritorio del portátil. En ella, Óscar, Daniel y Kike pretendían parecer sensuales frente al majestuoso acueducto de Segovia. Una instantánea perfecta. Tiempo atrás, a Óscar le bastaba con observarla para levantar el ánimo; ahora provocaba el efecto contrario. Representaba un pasado feliz que ya no volvería, el recuerdo de la mayor desdicha que había podido vivir, la imagen de su mejor amigo postrado inerte sobre una cama de hospital.

Muchas veces se había propuesto ir a visitarlo al hospital, pero siempre acababa por no hacerlo. *¿Cómo* podría sin derrumbarse? No se trataba de una visita al acuario, precisamente. Simplemente no se sentía capaz de ver cómo su amigo del alma se pudría sin poder hacer nada. «¿Qué voy a contarle? —se decía siempre—. ¿De qué voy a hablar?»

Esa tarde se sentía especialmente valiente. Observó la etiqueta del botellín de cerveza durante unos segundos y dejó escapar unas lágrimas con la estampa segoviana de testigo. Después se incorporó con pereza.

—Bueno, ¿y por qué no?

Sin permitirse el lujo de replantearse la

decisión, cogió la cazadora y salió de casa con firmeza.

Al cabo de un rato se encontraba hablando como una cacatúa junto a la cama de cierta habitación del hospital de La Paz. Tímido e inseguro al principio, tardó poco en coger confianza y hablar a su amigo como si de verdad le escuchara. La práctica que tanto había pospuesto resultó ser una inmejorable terapia, por lo que, desde aquel día y en muchas ocasiones en adelante, Óscar regresó al hospital para ver a su amigo. Le hablaba de sus preocupaciones como si estuviesen en el mismo café. Lo hacía para mantener una mínima esperanza de volver a ver a Daniel vivo y, por encima de todo, para seguir sintiendo que él seguía ahí, haciéndole compañía y, por qué no, puede que escuchando sus increíbles historietas.

Nadie llevaba peor la situación de Daniel que su hermano Ricardo. Desde el fatídico día en que Daniel tropezó con el balón y su mundo oscureció, la vida perfecta de Ricardo se había ido resquebrajando como los cimientos de un edificio viejo ante un seísmo. El brillante hombre de negocios era historia.

Ahora, las escasas horas que pasaba en casa (al principio pasaba las veinticuatro horas en el hospital esperando un milagro) las invertía en llorar a solas en el cuarto de baño y en mirar la televisión sin ver absolutamente nada. Los juegos con su hijita María desaparecieron, así como las conversaciones y confidencias con Teresa, que pasaron a ser absurdas discusiones casi diarias. La cama de matrimonio se había convertido en un gélido colchón.

Los días pasaron y Daniel no mostraba síntomas de recuperación. Ricardo se sentía sobre arenas movedizas que tiraban de su vida lentamente hacia un oscuro pozo sin salida. Todo el éxito conseguido los años anteriores, fruto del trabajo y producto de su buena estrella, se estaba desmoronando debido a un capricho del destino. Siempre había tenido la sensación de que su hermano dependía de él, que su misión era protegerlo y aleccionarlo. Ironías de la vida, ahora era el mayor quien dependía del pequeño.

Con el tiempo, se fue haciendo frecuente la presencia de Ricardo en el bar de su calle, un antro con fama de ser una fuente de problemas. Allí sólo se veía a dos clases de personas: las que no tenían nada que perder y las que estaban a punto de perderlo todo. Ricardo, que pertenecía al segundo grupo, siempre aparecía solo, al anochecer, cuando ya quedaban pocas en la calle. En el mismo taburete situado al fondo de la barra, sorbo a sorbo bebía whisky hasta que ya no quedaba nadie en el bar. Entonces, el camarero, un tipo sin pelo, malhumorado y con la piel cubierta de tatuajes, le sugería abandonar el local acompañándolo bruscamente hacia la puerta de salida. Cuando no se sentía con fuerzas de regresar a casa en ese estado, Ricardo deambulaba por el parque del barrio para despejarse. De esa forma, creía, Teresa no sospecharía de su coqueteo con el bourbon. Como es lógico, se equivocaba.

Esa noche no llovía. Las luces de las farolas dotaban al parque de un aspecto fantasmagórico. A Ricardo no le preocupaba que su mujer pudiera estar preocupada por su ausencia. Su cuerpo serpenteaba, pero su mente estaba en otro lado, más bien en otra época. Al llegar a un estanque situado en el centro del parque, se vio reflejado en el agua, limpia y transparente durante el día, ahora oscura como una moqueta negra. No le gustó lo que vio.

El absoluto silencio habría estremecido a cualquiera, pero Ricardo se sintió a gusto.

Tras tomarse unos segundos para disfrutar del paisaje, se acomodó en el banco más próximo. Como si fuera el único habitante del planeta y el tiempo estuviera detenido, se preparó para su viaje mental al pasado.

Metido en el cuerpo de un niño al que suelen llamar Ricardito, rememoró tiempos mejores donde podía volver a sentir la compañía de un mocoso que nunca se separaba de su lado.

RICARDO TENÍA nueve años cuando sus padres, Jorge y Andrea, lo llevaron en coche al hospital. Allí, hacía cinco días, había nacido algo muy pequeño y de extrema importancia que sus padres habían mantenido en secreto.

Lo dirigieron a una sala especial delimitada por un amplio ventanal, a través del cual vio decenas de pequeñas cunas transparentes. Estaban dispuestas a lo largo de la estancia. Después de observar el interior de la sala en silencio, entraron con cuidado. Padres e hijo avanzaron entre las urnas de cristal hasta detenerse en una de ellas, que estaba próxima a la pared del fondo. Jorge levantó a Ricardo en brazos para que éste pudiera ver el interior de la cuna. Ricardo jamás olvidaría lo que vio:

rodeado de cables y tubos extraños, un diminuto ser humano dormía plácidamente.

—Te presento a tu hermano Daniel —dijo Andrea mientras acariciaba el pelo negro de Ricardo—. ¿Qué te parece?

Ricardo no respondió. Miraba con los ojos bien abiertos, casi sin pestañear, el motivo por el cual sus padres habían estado tan ausentes y nerviosos durante los últimos días. Sin saber muy bien el motivo, enseguida sintió una conexión especial con su hermano recién nacido. Era algo nuevo, y le gustaba.

Daniel había nacido un 16 de agosto cuando su madre solo llevaba siete meses de embarazo. Andrea y Jorge habían tenido que correr repentinamente al hospital desde una boda porque ella había roto aguas en la pista de baile. Cercano a los dos kilos de peso, vivió sus primeros días en una incubadora. Para alivio de todos, su vida no corrió peligro en ningún momento, y, pasadas cinco semanas, fue trasladado a casa con su familia.

Los primeros años de la vida de Daniel fueron felices. Sus padres le proporcionaron una educación basada en los valores familiares. Aunque Jorge trabajaba duro hasta altas horas del día, Andrea ejercía de ama de casa, por lo que podía centrarse en el cuidado de su hijo pequeño. Era una familia humilde a la que nunca le faltó lo esencial.

Con el paso del tiempo, Daniel encontró en su hermano Ricardo a su perfecto consejero. Ricardo le enseñaba las cosas que ningún padre puede enseñar: evitar a los abusones del colegio sin convertirse en uno de ellos, mantener a las chicas a raya y aprender a decir «no» en determinadas situaciones fueron algunos ejemplos. Podía decirse que era el encargado de abrirle el camino, de ponérselo un poco más fácil.

Pero las cosas buenas no duran siempre. Cuando Daniel acababa de cumplir los nueve años, su madre enfermó. Lo que al principio parecía una simple indisposición, se convirtió en lo que el doctor diagnosticó como cáncer de colon. Ese día cambió la vida de la familia Santos de forma radical. Ricardo se vio obligado a madurar de golpe y hacerse cargo de la casa, ya que Jorge se pasaba las horas en el hospital. Mientras tanto, el pequeño Daniel vivió al margen de todo, aunque sí percibió que algo había cambiado; algo iba mal. Cinco meses más tarde, Andrea fallecía.

Desde aquel desafortunado suceso, la relación entre los tres varones de la familia sufrió algunas transformaciones. El carácter de Jorge, siempre amable y educado, pronto se volvió reservado y mordaz. Dejó de lado a los amigos y se refugió en sí mismo. Al cabo de algunos meses, debido a una profunda pérdida de fe, Jorge ingresó en la comunidad Mormona. A raíz de esa decisión, su mundo interior evolucionó hasta encontrar un equilibrio emocional, pero sus nuevas creencias relegaron a sus dos hijos a un segundo plano.

En cuanto a Ricardo, siendo todavía un adolescente dejó el rol de hermano para asumir el de educador, de la misma manera que dejó de ser hijo para llegar a ser el consejero de Jorge en la familia. La vida le había otorgado la identidad del brazo que mantiene equilibrada una balanza, sin siquiera darle opción a la réplica. Los demás chicos de su edad practicaban deportes y salían con chicas. Él ya no tenía tiempo para esas cosas, pues las dos personas que más quería dependían de él. Día tras día, cuando terminaban las clases en la universidad, Ricardo esperaba a Daniel en la puerta del colegio e iban juntos a casa. El hermano mayor hacía sus deberes y al mismo tiempo ejercía de canguro del pequeño. Cuando Jorge llegaba a casa a altas horas de la noche, Daniel ya solía estar dormido, con lo que muchos días no llegaban a verse. A pesar de los esfuerzos de Ricardo por que Daniel creciera en un ambiente familiar normal, era evidente que añoraban a la figura materna. Poco a poco, Daniel desarrolló algunos complejos mientras se moldeaba en él una personalidad insegura y reservada.

Cuando estaba en el tercer año de universidad, Ricardo conoció a Teresa. Este hecho terminó por aislar a Daniel. El rendimiento académico de éste empeoró con los años, y el niño educado y obediente de antaño vio caer sus calificaciones sin remedio. Se sentía solo y desorientado, y le ocurrió lo peor que le puede suceder a un joven en sus circunstancias: cuando cumplió trece años fue aceptado en una pandilla de mala reputación. Con ellos probó el tabaco y el alcohol. Solía faltar a clase, y muchos días llegaba tarde a casa sin avisar a su hermano. Cuando Ricardo empezó a recibir quejas de los profesores, su preocupación aumentó. Pero, ¿qué podía hacer él? Era un universitario con sus propios problemas. El carácter indomable de Daniel chocaba con el de Ricardo, impotente. A fin de cuentas, no dejaba de ser su hermanito.

¿Y Jorge, la supuesta mano autoritaria? Se mantuvo al margen. Vivía con sus hijos, pero jamás discutía con ninguno de los dos. Apoyaba el libre albedrío a cambio de que nadie se metiera en su vida privada.

Un buen día, la suerte se cruzó en el camino de Daniel, y llegó con el aspecto de un chaval de catorce años, rubio, delgado y muy nervioso. Los padres de ese niño se acababan de mudar al barrio y lo matricularon en el mismo instituto que Daniel. Se llamaba Óscar, y desde el primer día de curso se sentó en el pupitre contiguo al de Daniel, convirtiéndose pronto en su inseparable amigo. A Óscar le encantaba probar cosas nuevas —fue diagnosticado hiperactivo—, por lo que decidió apuntarse al equipo de baloncesto del colegio, arrastrando a Daniel con él. El baloncesto no era su vocación, pero sí la de Daniel, que descubrió una química especial entre él y el balón naranja. Se convirtió en su obsesión: cuando no estaba entrenando con el equipo, se acercaba a solas a la pista del colegio y practicaba. Lo hacía sin importar el clima, daba igual que hiciera sol o lloviese. Perdió de vista a la tóxica pandilla de amantes de la marihuana, y aunque Óscar dejó el equipo al año siguiente, nunca llegaron a separarse. Eran uña y carne.

El juego de Daniel mejoró rápido, y a los diecisiete años fue descubierto por el ojeador de un equipo más importante, que le hizo una oferta. Daniel aceptó, y en su nuevo equipo conoció a un cubano fortachón de apariencia tranquila que había llegado de su país unos años antes.

Ese año Ricardo se casó con Teresa y se fueron a vivir a un apartamento alquilado. En cuanto a Daniel y Jorge, a pesar seguir viviendo bajo el mismo techo, su relación continuó empeorando. Al terminar la selectividad, Daniel encontró trabajo en una tienda de ordenadores del barrio y se fue a vivir con Kike mientras seguía persiguiendo su sueño: ser jugador profesional de baloncesto.

Ya era de día cuando abrió los ojos. Alguien le estaba abofeteando.

—¿Qué coño haces? ¿Quieres estar quieto con la manita?

A pesar del despejado cielo azul, hacía frío. Ricardo se asustó al ver que no estaba en su cama, sino en un banco del parque. «¿He pasado la noche tumbado en un banco? ¿Cuánto bebí anoche?»

—¿Que qué hago? Intentar reanimar a un mendigo, por lo visto —contestó Óscar, enfadado. Sus pálidos ojos le miraban con ceño a contraluz.

Irritado por las palmadas, la resaca, el sueño, el resplandor del sol y la conciencia que le maltrataba sin piedad, Ricardo se sentó en el banco.

—Vale, vale, ya estoy despierto —protestó.

—¿Se puede saber qué estás haciendo?

—Déjame tranquilo, tío. Mi vida privada no es asunto tuyo —dijo rascándose la barba de tres días—. Lo último que necesito ahora es escuchar las lecciones de un mocoso.

—Ricardo, estoy preocupado por ti. Todos lo estamos —Óscar se encogió de hombros con las manos en los bolsillos de su cazadora—. Precisamente esta mañana iba a hacerte una visita a casa, y es cuando, de camino, te he encontrado aquí tirado. Por el amor de Dios, tienes una familia. ¡Tienes una hija pequeña!

—¿Te quieres callar de una maldita vez? ¿Qué sabrás tú? No tienes ni idea del calvario que estoy pasando.

Óscar tragó saliva.

—Eso crees, ¿eh? Por si no lo sabes, Dani era mi mejor amigo. *Es* mi mejor amigo. Yo también le echo de menos, ¿entiendes? Fuimos al colegio juntos, empezamos en el equipo de baloncesto juntos y él fue el primero en probar mis hamburguesas. También he ido a cada uno de sus partidos oficiales, ya fueran en casa o dondequiera que jugaran, cosa que *nadie* ha hecho.

Óscar hizo una pausa que Ricardo aprovechó para agachar la cabeza. No quería mirarlo a los ojos.

—Siempre acudía a Dani cuando tenía un problema, al igual que él siempre acudía a mí —prosiguió el rubio—. Hay asuntos privados de mi vida que sólo se las he contado a él, y viceversa. Sigo viendo los partidos por la tele, como solíamos hacer juntos, y lo hago a pesar de que, al sacar dos cervezas de la nevera, me entran ganas de llorar. Tampoco dejo de ir al bar todos los viernes solamente porque el camarero siempre me pregunta por Dani, desgarrándome por dentro. Vale, no compartimos la misma sangre, pero eso no significa que no le eche de menos tanto como tú. Y el hecho de que esté postrado en esa cama no significa que los demás no podamos seguir viviendo.

Las palabras de Óscar derrotaron a Ricardo, que se puso a llorar. El rubio, viendo su derrumbe, se sentó a su lado y lo agarró por el hombro.

—Sé que es difícil, muy difícil. Pero no

podemos simplemente arruinar nuestras vidas porque él no está aquí.

—Tienes razón —respondió entre ahogados sollozos.

—Además, imagina que de repente Dani despierta. ¿Crees que le gustaría verte en estas condiciones?

Era la idea más esperanzadora que alguien había tenido en semanas. Las posibilidades de que eso ocurriera eran las mismas que las de ganar a la lotería, pero, ¿acaso la gente no continúa jugando cada semana?

—Lo siento mucho. He estado comportándome como un capullo —dijo secándose las lágrimas con la manga.

—Vamos, te acompañaré a casa.

—Gracias, *rubiales*.

Óscar esbozó una sonrisa contagiosa.

—De nada, *gominas*.

Juntos atravesaron el parque y llegaron al portal de Ricardo. Antes de subir, compraron un décimo de lotería que compartieron. Ricardo nunca jugaba, pero necesitaba creer que los milagros a veces suceden, y no había nada más milagroso que ganar la lotería.

19

Rafiki corrió a saltitos hacia la puerta, tomó el papel entre sus garras, y comenzó a roerlo.

—¡No te comas eso, te sentará mal al estómago! —Le grité corriendo desde la cocina. Cuando le arrebaté el papel de la boca, me lo llevé al pecho y susurré—: además, esto es muy importante.

Como cada viernes, leí lo que contenía:

> ¡Hola otra vez, Angie! He pensado que, si no has llamado a la policía, ya no creo que lo hagas. Venga, ábreme, ¡estoy calado hasta los huesos!

Me quedé pensando durante unos segundos. El dilema había acelerado mi ritmo cardiaco. ¿Qué debía hacer? ¿Estaba actuando como una mala persona impidiéndole la entrada? Fuera hacía un día de perros, la lluvia caía de lado como si los dioses hubieran estado jugando a lanzarse cubos de agua. Era probable que estuviera empapado como aseguraba, con lo que quizá debía dejarlo entrar. Por solidaridad. ¡No! Ese era un juego que *él* había empezado; si pillaba una neumonía, sería su culpa. Nadie le obligaba a visitarme cada viernes, y menos con ese temporal. Por lo que a mí respectaba, podía irse a su casa y secarse allí.

Por otra parte, me dije, empezaba a ser evidente que, tarde o temprano, tendría que abrirle la puerta y enfrentarme a él.

Mi mano tembló cuando la acerqué a la manilla. Cuando iba a rozarla, cambié de opinión. En lugar de abrir, me hice con un lápiz que guardaba en el bolsillo de mi blusa de cuando había estado completando crucigramas horas antes, y escribí por la cara en blanco del papel. Después lo devolví al lugar del que había venido.

«Muéstrame una foto tuya por debajo de la puerta», fue lo que escribí.

Esperé la respuesta con impaciencia. Deseaba ver la fotografía de un hombre joven y apuesto, preferiblemente bien vestido, apareciendo por la rendija. Entonces es posible que abriera la puerta de golpe y dejaría entrar a aquel semental para que ambos pudiéramos pasar la mejor noche de nuestras vidas.

Me sonrojé con solo pensarlo. ¿De verdad haría eso?

Para mi desilusión, ninguna fotografía cruzó el umbral. En su lugar, el mismo papel viajó una vez más al interior del piso.

No llevo una foto mía encima, pero si quieres te enseño la patita (es broma...) No hay alternativa, Angie: si quieres verme, tendrás que abrir.

Tenía muchas ganas de abrir, ¡muchísimas! Pero no lo haría, al menos no ese viernes. Si el atractivo admirador anónimo hubiera mostrado al menos su cara en una fotografía, como yo le había sugerido, seguramente habría abierto. ¡Estaba deseándolo! Pero si lo hubiera hecho en ese momento, habría sido como asumir mi derrota. Además, mi vida se había vuelto interesante gracias en parte a ese jueguecito, una especie de droga que seguramente no me conduciría a nada bueno pero que me hacía sentir tan viva.

Un poco más feliz, alcé a Rafiki y besé su cabecita con ternura.

20

Tras el accidente de Daniel, Kike se quedó unos días en Madrid por si su compañero de piso se recuperaba del coma. Daniel no despertó, y la temporada de baloncesto había terminado (el equipo no llegó a ascender de categoría), de modo que Kike aprovechó los días libres para volar a La Habana. La compañía de su familia le ayudaría a cambiar el chip.

Óscar fue puntual, y a la hora acordada se encontraba llamando al telefonillo del portal de Kike. No así este, que tardó más de quince minutos en aparecer.

—¡Vamos, tronco, que vas a perder el avión!

—Ya, ya... no empieces con los agobios desde el primer minuto, ¿quieres?

Entre los dos metieron el pesado equipaje en el maletero de Óscar y partieron rumbo al aeropuerto. Durante el trayecto les sorprendió una tormenta de verano.

—Toma esa salida —ordenó Kike, señalando el cartel de la autopista.

—¿La que pone «aeropuerto»?

—Esa, esa.

—A ver, tío, vivo en esta ciudad desde que nací, es decir, desde hace un poquito más de tiempo que tú. Me da para saber llegar al aeropuerto, así que tranqui. Además, vamos con tiempo de sobra. Una vez allí te harán esperar una eternidad, como siempre.

—Lo que tú digas, *papi*.

Tras algunos segundos en los que solo se oyó a Coldplay en la radio, Óscar reanudó la conversación.

—Cambiando de tema, ¿has visto a Sofía últimamente?

Kike frunció el ceño.

—¿Sofía? ¿La amiga de Dani?

—No, la reina emérita —respondió Óscar con rintintín—. ¡Pues claro que la amiga de Dani!

—Ah. Coincidimos en un par de ocasiones en el hospital. Poca cosa.

—¿Y no te parece extraña su actitud desde que Dani tuvo... —Óscar hizo una pausa para pensar bien las siguientes palabras—, ya sabes, el accidente?

—¿Qué quieres decir?

—Pues no sé, se la ve demasiado afectada, se pasa las horas en el hospital con él. Al fin y al cabo apenas se conocen, y no puede decirse que Dani fuera muy amable con ella los pocos momentos que coincidieron. De hecho, incluso se inventó una novia falsa. Que esa es otra, ¿por qué hizo esa chorrada?

Kike se encogió de hombros.

—En fin, que me parece raro.

—Pues yo creo que es muy bonito.

Óscar dejó de prestar atención a la carretera por un instante para mirar a Kike. ¿Estaba hablando en serio o se cachondeaba de él como tantas veces?

—A ver, me explico: está claro que Sofía siente cosas muy fuertes por Dani. A veces los flechazos ocurren, ¿sabes? Creo que es lo que pasó. Me parece precioso que, a pesar de no haber sido correspondida, esté tan implicada en todo el tema de la... bueno, la enfermedad. Es un gesto que le honra, en mi opinión.

Óscar asintió reflexivo.

—¿Y qué me dices del doctor?

—¡Oh! ¡El Doctor Jaime Vergara! —Levantó la voz y dibujó un gracioso gesto de mofa. Fue la primera vez que se rio desde que salió del portal. Óscar lo imitó—. No sé qué intenciones tendrá ese *ñango*, pero no es asunto nuestro. Pero apuesto mi colección de vinilos a que Sofía no lo ama. —El cubano se quedó reflexionando sobre sus propias palabras—. A ver, no estoy diciendo que el doctor sea una mala persona, ni mucho menos, pero estoy convencido de que Sofía quiere a Dani.

—Estoy de acuerdo —dijo Óscar sin dejar de mirar a la carretera—. Pero creo que Sofía se merece un respiro después de todo, no le vendría mal una aventura con el señor médico. En fin, que no es asunto nuestro. —Óscar se revolvió en el asiento del conductor—. Maldita lluvia, ¡estamos casi parados!

Kike miró su reloj con impaciencia, pero no comentó nada. Durante los siguientes minutos, ninguno de los dos amigos abrió la boca. Solo miraron por la ventanilla con semblante reflexivo.

—Oye, colega —dijo al fin Óscar.

—¿Sí?

—¿Crees que Dani se recuperará?

Kike lo miró sorprendido, pues tenían una regla no escrita en la que habían decidido no hablar del tema. Después de tragar saliva, respondió:

—Hay que tener fe, amigo. La cosa no pinta bien, pero a veces los milagros ocurren. Míralo desde este punto de vista: tú no puedes hacer nada por cambiar la situación.

—Lo sé, pero es que, ¡es tan injusto! Dani ha pasado momentos muy malos con todo el tema de su familia y el baloncesto. Y justamente ahora que por fin algo le iba a salir bien... ¡Zas! —Óscar negó con la cabeza, tenía los ojos rojos—. Joder, seis días después del accidente iba a debutar en la liga nacional, el sueño de su vida... ¡Qué mala suerte!

Propinó un puñetazo al volante, acción que hizo sonar el claxon.

—¡Mierda!

El motorista del carril de al lado lo miró con aire desaprobatorio, y Óscar estuvo obligado a pedir disculpas mientras a Kike se le escapaba una sonrisa.

LLEGARON al aeropuerto más tarde de lo previsto, y a pesar de ello les sobró tiempo para visitar algunas tiendas y tomar un refrigerio. No llegaron a hacerlo, no obstante, pues Kike se fue impacientando según se acercaba el momento del embarque, y sus nervios no se aplacarían del todo hasta que no pisara suelo cubano. Aguardaban su turno en la fila de facturación de maletas cuando Kike sacó un tema que Óscar no esperaba:

—Hace mucho que no te pregunto: ¿cómo te va con esa chica?

—¿Con qué chica?

—Con Sofía, la reina emérita. ¿Con quién va a ser? ¡Con Carol!

—¡Ah! Bien, me va bien.

—¿Solo bien? Creía que estabas enamorado.

—¿Enamorado? Qué manía con etiquetarlo todo.

—¿Acaso no te gusta?

—Claro que sí. Me encanta.

—¿Entonces?

—Es solo que...

—Que, ¿qué?

—A ver, es complicado. Ya me conoces, soy muy enamoradizo. Me encapricho y me desencapricho fácilmente. Un día estoy loco por una chica y al día siguiente ya no me dice nada.

Kike asintió. No estaba escuchando nada que no supiera ya.

—Pero esta vez es diferente —continuó Óscar—, y por eso me da miedo. Quiero decir que nos va todo tan bien que me aterra estropearlo. Estoy tan cerca...

—No te agobies, hombre. Me parece que subconscientemente estás a la defensiva por las malas experiencias que has tenido en el pasado.

—¿Subconscientemente? —Óscar miró a Kike como si éste se hubiera convertido en un koala—. ¿A qué te refieres?

Kike puso los ojos en blanco.

—A ver, lo que quiero decir es que cada mujer es un mundo, y no debes prejuzgar a Carol por tus experiencias pasadas. Entiendes lo que significa «prejuzgar», ¿verdad?

—Si, ¡claro! —mintió Óscar.

—Si quieres mi consejo, vive el momento. Ya sabes: ¡*karpe diem*! Cuando conozcas a la mujer de tu vida, todo será muy sencillo. ¿Es Carol esa mujer? Puede que si o puede que no, y como no tienes manera de saberlo, ¡disfruta!

—¡Vaya con el Doctor Amor! Está claro que hablas por experiencia propia, tú, que tantos romances has vivido.

—No te pases, *pendejo*. Ese ha sido un

golpe muy bajo. No deja de ser cierto, pero aun así duele.

Óscar explotó en una carcajada.

—Sabes que estoy de cachondeo, nene. Agradezco tus consejos. —Óscar lo abrazó con fuerza. —Voy a echarte de menos, moreno.

—Y yo a ti, *rubiales*. Pero no te pongas sensiblero, que me incomodas.

—Vale, vale, a sus órdenes. Por cierto, después del verano, ¿dónde tienes pensado instalarte?

El semblante de Kike se ensombreció de nuevo.

—Aún no lo he pensado. De momento he roto el contrato de alquiler del piso actual, y cuándo vuelva veremos cómo están las cosas. Si hay suerte y Dani despierta, buscaremos otro piso juntos. De lo contrario, ya veré lo que hago.

—En el peor de los casos sabes que siempre te puedes quedar una temporada en mi agujero. No sé si entraríamos los dos, pero podríamos intentarlo.

—¿Es eso una proposición?

—Sí, cariño. Pero como ronques, duermes en el sofá.

Kike rompió a reír.

—Te lo agradezco mucho, mi amor.

—Mira, idiota. —Óscar señaló el mostrador—. Es tu turno.

Pocos minutos después se encontraban frente al control de seguridad, donde debían separarse. Tras un sentido abrazo de despedida, cada uno encaró una dirección: Óscar abandonó el aeropuerto mientras Kike tomó su avión con destino a Cuba.

Volverían a verse.

21

Una fría noche de otoño, Daniel Santos abrió los ojos.

Despertó gritando, como si acabara de tener una horrible pesadilla, y se incorporó hasta quedar sentado sobre las húmedas sábanas. «¿Dónde estoy?» Su avivado ritmo respiratorio se fue normalizando hasta que, más tranquilo, analizó el entorno. No era capaz de adivinar dónde se encontraba. Probó a rebobinar, rehacer los pasos que había hecho hasta ese momento, pero todo lo que había en su cabeza era oscuridad.

La escasa luz que la luna cedía a través de la ventana era insuficiente para reconocer el lugar, pero una cosa tenía clara: no estaba en su casa. Un dolor intenso le golpeaba la parte trasera de la cabeza. Aturdido, se levantó de la cama para encender la luz. Sintió un profundo mareo que lo obligó a sentarse de nuevo.

«¿Qué está pasando? ¿Por qué no me puedo mover?» —pensó, cada vez más nervioso.

Algo iba mal. La pierna derecha no le obedecía; ni siquiera la sentía. Al borde del ataque de ansiedad, retiró la sábana de un tirón. Se palpó la pierna y sintió un tacto frío. Aquello no era carne. Según bajaba por la extremidad fue afrontando la dura realidad: una prótesis de metal le cubría desde el tobillo hasta la cadera.

«Dios mío, no.»

Una infinidad de terribles pensamientos pasaron por su cabeza a la velocidad del rayo, pero no pudo centrarse en ninguno, ya que volvió a desmayarse.

Cuando volvió a despertar, era de día. La luz matinal le dañaba las pupilas. Al entrever la prótesis resplandecer al sol, entendió que lo de anoche no había sido una pesadilla. Le entraron ganas de llorar. Procuró escudriñar su entorno, pero lo único que enfocaba era una enorme mancha clara; todo estaba borroso.

Luchando por dominar sus emociones, hizo un esfuerzo por reconocer algo que le resultara familiar. Mientras, la mancha iba volviéndose más nítida. Lo primero que vio fue una deprimente pared gris; ni siquiera un cuadro para darle vida. En la pared contigua, junto a la cama sobre la que estaba postrado, había un ventanal a través del cual sólo veía el cielo, hoy totalmente despejado. Al otro lado de la cama estaba lo peor: el armario. No era un armario convencional, donde guardar ropa, zapatos y trastos deportivos. No, este armario contenía máquinas que no comprendía, tubos, bolsas de suero, agujas... Su respiración se aceleró, y la máquina pitó con mayor frecuencia. Fijó la mirada en la única puerta con el fin de pedir ayuda, y entonces distinguió la figura de un hombre. Una muy familiar ante la que enmudeció. Fue el visitante el primero que habló sin moverse del quicio de la puerta:

—Hola, Daniel.

—¿Qué haces tú aquí?

—Me has quitado la pregunta de la boca —respondió el visitante con amargura—. Me alegro de verte, hijo mío.

22

Se escucharon unos pasos al otro lado. Con la oreja tan pegada a la madera que casi hacía efecto ventosa, esperé la llegada del semental. Aún no había apartado la cabeza de la puerta cuando, ¡bingo!, una nueva carta:

> Tenía pensado conocerte con una taza de café entre las manos, pero, en fin, no me has dejado opción. Me he traído mi termo de casa y aquí va mi primera pregunta. Para empezar, una sencilla: ¿Qué te gusta más, el día o la noche?

Creo que todavía tenía la boca abierta cuando terminé de leerla. ¿De modo que ahora íbamos a jugar a las preguntas? Cuando ya empezaba a entender de qué iba todo, ese hombre se había reinventado una vez más. Me sentía como si estuviera jugando a un juego cuyas reglas desconocía.

Cómo no, decidí continuar la partida. Pero no iba a responder a su pregunta. En lugar de eso, lo iba a sorprender. A ver de qué pasta estás hecho, pensé en el momento.

¿Y si te dijera que tengo novio?

¡Chúpate esa, hombre interesante! A ver cómo sales de esta ahora, me regodeé.
La respuesta fue inminente:

Te diría que eres una mentirosa.
Si tuvieras novio, ahora tendría un ojo morado.

No pude contener la carcajada que no sólo oiría él, sino probablemente también medio vecindario. Poco importaba en realidad. ¿Y qué si me oía reír? Cada vez había menos cosas que disimular. Secando las lágrimas que se me acumulaban en el rabillo del ojo, escribí la última respuesta de ese viernes. Después de enviarla, suspiré.

La noche.

23

Jorge Santos dio un paso al frente y entró en la habitación ante la atónita mirada de su hijo. La imagen que Daniel guardaba de su viejo distaba mucho de aquella. La chaqueta de lana y la camisa beis que cubrían su cuerpo esquelético complementaban con la tez arrugada y el canoso —aunque muy bien peinado— cabello. Sus ojos, dos puntitos azules, escondían un brillo que daba a entender una fuerte personalidad. Más que caminar, se dejaba llevar, como si supiera de antemano lo que ocurriría en el futuro.

—¿Qué está pasando, Jorge? ¿Por qué estoy aquí? —Hacía muchos años que Daniel no llamaba «papá» a su padre.

—Pues... deja que piense... Ah, sí. Tuviste un accidente, un ligero golpe en la cabeza más bien. Sí, eso es lo que pasó.

Daniel no recordaba los últimos episodios de su vida, y a pesar de ello, la presencia de Jorge era lo que más lo inquietaba. Se palpó la prótesis con miedo.

—No puedo mover la pierna derecha. ¿Me la he roto? ¿Cómo ha sido? ¿Cuánto tiempo ha pasado?

—A mi edad ya no tengo una gran concepción del tiempo, pero eso no importa ahora. Cuando tuviste el accidente te rompiste la rodilla por tres sitios diferentes. ¡Menudo descalabro! Suerte del diablo la que tuviste aquel día, hijo. Pero hay buenas noticias. Los médicos dicen que volverás a andar. ¿Qué te parece? Es genial, ¿eh?

—¿Que volveré a andar? ¿De qué coño me estás hablando? ¿Y el baloncesto? ¿Y mi vida?

Antes de responder, los labios de Jorge temblaron.

—Vamos, vamos, el baloncesto es secundario, una utopía. Ahora tienes que centrarte en la rehabilitación. Aunque las operaciones fueron un éxito, tu rodilla está débil como el susurro de un enfermo, y los músculos de tu pierna están dormidos, al igual que has estado tú todo este tiempo. —Señaló a Daniel con vehemencia—. ¡Tendrás suerte si vuelves a andar con normalidad!

Los ojos de Daniel se empañaron. Le entraron ganas de vomitar. En ese momento entró Eva. Tras canturrear los buenos días, le tomó la temperatura. Jorge siguió hablando como si continuaran a solas.

—Los médicos, unos señores muy amables, me han dicho que te van a dar el alta. Mañana te recogeré y te llevaré al pueblo, donde reposarás y trabajarás en tu rehabilitación. Verás qué bien.

—¿Al pueblo? —Daniel dejó escapar un bufido irónico—. Jorge, no sé qué haces aquí después de tanto tiempo, pero si piensas que me voy a ir contigo a un pueblo que odio, teniendo aquí mi casa y mis amigos...

—Tú ya no tienes casa —interrumpió Jorge—. Tu compañero de piso, ¿cómo se llamaba? Bueno, es igual. El morenito se ha ido a Cuba y ha rescindido vuestro contrato de alquiler. No puedes culparlo, dado tu estado... —Hizo una pausa para pensar bien la siguiente palabra— adormilado.

Daniel frunció el ceño. Se le habían acabado las palabras.

—Saldremos mañana a primera hora. Y no te preocupes por tu novia, ella te estará esperando cuando regreses.

Daniel miró a su padre como quien mira a un loco.

—¿De qué estás hablando? Yo no tengo novia.

«Padre, ¿en qué momento perdiste el juicio del todo?»

—Claro que no tienes. Lo siento, hijo, he debido de equivocarme de persona.

Eva rio entre dientes. De pronto, Jorge cambió su semblante jocoso por uno mucho más serio.

—Cuando te hayas recuperado, estarás listo para volver.

Daniel rompió a llorar. Jorge lo miró con superioridad.

—¡Bien, llora! Llora ahora, porque a partir de mañana empiezas una nueva vida. ¡Tu verdadera batalla! Te veré por la mañana, hijo. Procura descansar. Sí, será lo mejor.

Jorge dio media vuelta y desapareció por la puerta, dejando a su hijo entre sollozos mientras la pobre Eva deseaba desaparecer.

. . .

LA NOCHE PUEDE HACERSE MUY larga cuando no se puede dormir y el cerebro te martillea. El tiempo transcurre tan despacio que enloquece. Aquella fue la más larga en la vida de Daniel.

No desvió la mirada de la ventana. En una noche oscura y profunda como aquella, la luz de la luna llena iluminaba la habitación como un faro que hace de guía a los barcos perdidos en la orilla del mar. Daniel obtuvo de ella la tranquilidad justa para no volverse loco. Aunque reacia a responder con una opinión, escuchaba paciente las reflexiones de Daniel. Miles de pensamientos chocaban dentro de su cabeza, pero no conseguía centrarse en ninguno.

—¿Qué haces aquí? —le dijo el lado derecho al izquierdo.

—No lo sé.

—¿Cómo has terminado en esta habitación, tan solo, tan abandonado?

—Mala suerte, supongo.

—La suerte no existe, así que algo habrás hecho mal durante estos años. Has estado cavando un agujero sin parar, y cuando te has dado cuenta de que querías salir, era demasiado profundo. Estás atrapado.

—¿Tiene solución, o simplemente debo asumir mi nuevo papel en el mundo? No sé si me apetece asumirlo. ¿Qué me queda a partir de ahora? Está bien, me puse el listón muy alto con todo el rollo de ser jugador profesional. Puede que me exigiera demasiado. Supongo que la vida es algo más que el baloncesto, y que podría llegar a ser medianamente feliz dedicándome a otros asuntos más mundanos, más... a mi alcance. ¿Y si me hiciera entrenador? Los entrenadores son a menudo exjugadores. ¿Por dónde habría que empezar?

—Bueno, amigo, no te ilusiones. De momento debes centrarte en esta pierna rota. Hay que luchar día a día e ir cumpliendo los objetivos.

—¡Estoy tan harto de luchar! Llevo toda mi vida luchando por conseguir mis sueños, ¿y qué he conseguido? Terminar tirado en una cama hablando conmigo mismo.

—No sirve de nada lamentarse, ¿es que no lo ves? Nadie va a levantarte si tú no quieres, así que más vale que te decidas a volver al cuadrilátero y pegarle duro. No tienes opción.

—Supongo que puedo levantarme una vez más, pero, ¿por dónde empezar?

—Solo puedes hacer una cosa: irte con tu padre.

—¿Mi padre? Por favor… ya era consciente de lo poco que lo conocía, pero el hombre que ha venido antes era un loco.

—No hables así de tu padre.

—¿Por qué no? ¿Por qué tengo que guardarle respeto? ¿Qué ha hecho él para que yo le considere un padre? La verdad, no sé por qué viene ahora, y no sé qué pretende que haga en el pueblo con él. No me interesa su perdón ni su bendición. Para mí es un desconocido.

—Pues quién lo diría. No dejas de pensar en él.

—Joder, es mi padre.

—Sí, y lo único que te queda ahora.

—¿Y los demás? Supongo que creía que podía confiar en cierta gente y me equivoqué. ¿Dónde están Óscar y Kike? ¿Y mi hermano? Mi propio hermano, que ni siquiera aparece.

—¿Ahora le echas de menos? Has estado años dándole la espalda, y ahora que le necesitas, le extrañas. Curioso.

—Pero es mi hermano mayor, se supone que debería protegerme y ayudarme.

—Eso es justamente lo que ha estado haciendo toda su vida y lo que tú no parabas de reprocharle.

—…

—Algo parecido te ha pasado con Sofía.

—¡Sofía! ¿Qué pasa con ella?

—Pues que es una chica guapa, educada, soltera, y parece que le gustas. Y sin embargo solo te has puesto corazas frente a ella.

—Eso no es verdad.

—¡Tendrás cara! ¡Si hasta te inventaste una novia falsa!

—Bea no es falsa, es una persona real.

—Pero ya no es tu novia. Hace mucho que dejó de serlo, lo quieras o no.

—En fin, intentaba que Sofía y yo nos conociéramos poco a poco.

—Burdas excusas. No te atreviste porque eres un cobarde. ¿Y ahora, qué? ¿Acaso piensas que va a estar aquí contigo? ¿Contemplándote? ¿Mimándote? Si quieres amor, debes entregarte a él, chaval.

—¿Pero qué es el amor? O mejor dicho, ¿es tan importante? Al fin y al cabo, las relaciones en pareja siempre son difíciles, desde que empiezan hasta que terminan. Surgen complicaciones sin que las veas venir, y al final, ¡pam!, llega la decepción. Vale que también aporta momentos maravillosos, pero, ¿merece la pena sufrir tanto por esos breves instantes? Mi opinión: tener pareja está sobrevalorado. La vida puede vivirse sin constante compañía, ¿o no?

—Si tú lo dices...

—En cualquier caso, la compañía de una pareja también te la pueden aportar otras personas, como amigos, familia... No necesito complicarme la vida y comerme la cabeza por una mujer para ser feliz. Simplemente no me compensa.

—Es muy triste no intentar conseguir esos maravillosos momentos que te iluminan la vida solamente porque no te compensa sufrir un poco. Eres un cobarde. Siempre lo has sido.

—Ya está bien por hoy o acabaré volviéndome loco.

De pronto, la ocasional amiga nocturna resplandeció más brillante que nunca, sólo por un instante. ¿Era una respuesta? ¿Un consejo? Más bien una sonrisa, un guiño de complicidad.

«Debo descansar, estoy empezando a delirar», pensó Daniel mientras cerraba los ojos para seguir divagando sobre su futuro, su padre, Sofía y la luna, fiel compañera de soledad.

Esa noche Daniel no tenía motivos para la esperanza, pero, dibujando su futuro en su mente, consiguió dormir, unas horas al menos, antes de que Jorge regresara.

E L   V I E J O   V E H Í C U L O tomó la salida y se adentró en el pueblo, pero Daniel no recordaba nada de su patrimonio, y eso era extraño, pues la muralla romana que rodeaba el casco antiguo era digna de fotografía. Jorge dio un rodeo y atravesó el centro medieval, quizá para incentivar a su hijo. «Eso que hay tras el arco de piedra es El Castillo», dijo cuando pasaron por delante de un patio de armas custodiado por siete torres. «Dentro está la iglesia de Buitrago.»

Daniel sintió el frío de la sierra en la cara nada más bajar del coche ayudándose de las muletas. No había abierto la boca en todo el viaje. Mientras Jorge sacaba su equipaje del maletero, Daniel permaneció de pie contemplando el viejo caserón. Hacía lustros que no pisaba ese extenso jardín. Recordaba el tejado más lustroso.

—Vamos, hijo. Te enseñaré tu nueva habitación —gritó Jorge desde el alto de la pedregosa escalinata que daba a la puerta de entrada. Después entró en la casa.

Daniel inspiró con fuerza para recrearse con el olor que desprendían las arizónicas que rodeaban el jardín; casi lo había olvidado. Por un momento viajó al pasado, cuando su hermano y él jugaban hasta el anochecer sin mayor preocupación.

Expiró el aire de golpe y avanzó muy lentamente a través del frondoso jardín hasta que atravesó la puerta de su nuevo hogar.

24

Se despertó con los primeros rayos de sol del día siguiente. Al principio no sabía dónde estaba. Se desperezó y reconoció su nueva habitación. Su primer sentimiento fue lacónico: únicamente estando dormido podía ser libre y vivir la vida que él quisiera. Se apoyó en el colchón con dificultad para levantarse y se observó en el espejo apoyándose en las muletas. ¿Quién era ese hombre? Los ojos, esas cuencas carentes de expresión... ¿a quién pertenecían?

Los médicos habían sustituido la horrible prótesis por una férula, también metálica y más cómoda, que de igual manera le inmovilizaba la extremidad. Apoyado siempre en sus inseparables muletas, Daniel salió de su habitación y se dirigió a la cocina. Pilló a su padre desayunando.

—¡Ah, hijo, buenos días! —saludó Jorge con vehemencia. Tenía la boca llena de migas de pan y en la mano sostenía una tostada de pan con aceite.

Daniel sacó un paquete de galletas del armario, se sirvió un café, y volvió por donde había venido. Ni siquiera le dirigió la mirada.

EL TIMBRE de casa sonó de pronto y dio a Daniel un susto de muerte, pues en ese momento pasaba junto a la puerta. Abrió a regañadientes. Se encontró con un hombre más joven que su padre, con la piel castigada y pelo plateado —peinado a lo militar—, pero una forma física envidiable. Las arrugas que le marcaban la cara eran fuertes como los músculos que se adivinaban por debajo de su chándal.

—¿Puedo ayudarte? —preguntó Daniel.

—*Tú debe de sé Danié.* —El rimbombante acento sorprendió a Daniel, que no acertó a responder—. *¡Chico tímido! Yo soy...*

—¡Hombre, Manu! ¡Aaaahhh, ya estás aquí, granuja! No te esperaba con tal premura.

Jorge llegó a buen paso para abrazar al recién llegado. Después se volvió hacia Daniel.

—Atiende, hijo. Esta eminencia es Manuel San Román, un viejo amigo del pueblo. Si te da más confianza puedes llamarle Manu, a él le parece bien. Es fisioterapeuta.

—¿Tú vas a ayudarme con la rodilla?

—*Sí señó.*

Daniel lo miró con desconfianza.

—¿Y cuándo empezamos?

—*¡Ahora mismo, chiquillo!* —Apuntó con el mentón hacia el salón—. *Venga, siéntate en ese sofá.*

Daniel obedeció. Manu se frotó las manos con energía y se puso a manipular la férula de Daniel con cuidado. Jorge lo observaba todo desde la puerta.

—*Muy bien. Dentro de tré día vuelvo y seguimo.*

Daniel lo miró perplejo.

—¿Ya? Pero si no hemos hecho nada, no llevamos ni cinco minutos.

El viejo fisioterapeuta arqueó sus pobladas cejas.

—*¿Acaso el nene tiene prisa?*

Daniel se quedó sin palabras.

—*No hay mucho que hacé por el momento. Te esplicaré: he configurao la férula para que tenga un ángulo de libertá de dié graos. A partí de ahora podrá doblar la rodilla una mijilla, aunque te advierto que dolerá. Por supuesto, seguirá sin podé apoyá la pierna, pero cada cosa a su tiempo. En tré día volveré y aumentaremo ese ángulo de libertá. ¿Te parece bien?*

Daniel asintió, aunque por dentro se sentía decepcionado. Diez grados de libertad era un paso de tortuga comparado con todo el camino que le quedaba por recorrer hasta volver a jugar. Además, Manu no le inspiraba confianza.

—*Bien, ahora me tengo que marchá. Jorge, a ti te veo luego en el bá.*

Jorge respondió con un gesto militar y acompañó a su amigo a la puerta.

Cuando se quedó a solas con su hijo, le preguntó.

—Manu es impresionante, ¿eh? Haréis buenas migas. ¿Qué te parece que preparemos para comer? ¿Le apetece algo de sopa caliente a tu frío estómago?

Daniel no contestó. La sola presencia de su padre lo perturbaba. Era como si algo que flotaba en el ambiente le impidiera respirar el mismo aire que él. Regresó a su habitación y cerró la puerta de un fuerte golpe.

—Que sea sopa entonces —se dijo Jorge a sí mismo con semblante preocupado.

Daniel cerró los ojos y sintió que la habitación daba vueltas. En ese estado de turbulencias le era imposible dormir, así que volvió a abrir los ojos y miró la hora que marcaba el despertador. Las tres y media pasadas. Eso significaba que había estado bebiendo a solas durante más de cuatro horas. Se sentó al pie de la cama procurando mantener su estómago a raya.

Al otro lado de la ventana la noche era cerrada y silenciosa. Tuvo la tentación de continuar bebiendo, de esa forma a lo mejor quedaría inconsciente y el tiempo pasaría más rápido. En su lugar, volvió a tumbarse y palpó a ciegas la mesita de noche en búsqueda del viejo transistor de su padre. Cuando lo encontró, lo encendió y se llevó los auriculares a las orejas. Hizo un barrido por el espectro de frecuencias y así escuchó aburridas tertulias sobre política, divertidas consultas sexuales (unos adolescentes habían utilizado la cáscara de un plátano como método anticonceptivo), y anuncios sobre pequeños robots-aspiradora (¡limpia tu casa mientras haces la compra!) Al final encontró una emisora que le llamó la atención: un programa deportivo en el que el locutor narraba las crónicas de los partidos de baloncesto jugados aquel día. Daniel fue conciliando el sueño mientras atendía al triunfo de sus ídolos. El locutor hablaba de ellos como si fuesen dioses, y parecía que había sido ayer cuando Daniel se sentaba delante de la pantalla, atento a cada uno de los movimientos de estos mismos jugadores, ansioso por llevarlos a la práctica en sus partidos. Según iba cayendo bajo el embrujo de Morfeo, echó de menos las frías mañanas en las que madrugaba para entrenar. También añoró la fraternidad con Kike en el vestuario, y la expresión de júbilo de Óscar desde la grada. Se dio cuenta de que, para ellos, él ya era una de esas estrellas que ahora salían por la radio. El último pensamiento que rondó la cabeza de Daniel justo antes de dormirse fue devastador: nunca volvería a experimentar esas sensaciones.

De pronto, una voz lo sobresaltó.

—Hola, niño.

Giró la cabeza hacia el hueco de la puerta y la vio apoyada contra el marco.

—¿So-Sofía?

—Veo que aún me recuerdas.

Daniel balbuceó algo.

—Al fin te he encontrado —dijo ella con un brillo en los ojos—, a pesar de que no dejas de esconderte.

—No... no me escondo. Me han traído aquí para completar mi rehabilitación.

—No tienes que darme explicaciones. Ahora estoy aquí.

Algo era diferente en Sofía. Llevaba puesta *únicamente* una camisa. Era una camisa suya, y le llegaba justo por encima de las rodillas. Ya no parecía la chiquilla jovial e inocente con la que había compartido birras y chupitos. La mujer que estaba de brazos cruzados en el umbral de su habitación no tenía pinta de querer unas patatas alioli, precisamente. Sus enormes ojos marrones lo contemplaban tras aquellas larguísimas pestañas. Daniel tragó saliva cuando Sofía entró en la habitación y se sentó en la cama.

—M-me alegro de que hayas venido —balbuceó él.

Si bajaba la mirada podía ver su ropa interior por debajo de la camisa. ¿Lo estaba seduciendo? Daniel nunca había deseado tanto poseer a nadie.

Ella deslizó la mano sobre la rodilla lesionada de Daniel sin apartar la mirada de él. Después la acarició con suavidad.

—Pobre niño —dijo, y se mordió el labio inferior.

Daniel estaba sudando. El simple contacto de la delicada mano de Sofía con su piel lo había excitado. Fruto de un impulso, él acarició su cuello y fue bajando la mano hasta que alcanzó el primer botón de la camisa.

Más sudores.

Un repiqueteo metálico, como el producido por un juego de cazuelas al chocar, se escuchó de pronto en la cocina.

—¡Mi padre! Se ha despertado —murmuró Daniel.

—Debo irme.

—¡No!

—Si, este no es mi sitio —insistió Sofía.

—¿Adónde vas?

—No te preocupes por eso. Te estaré vigilando constantemente.

Le guiñó un ojo y se puso de pie.

—Mi padre. Se ha despertado —repitió Daniel.

—Si, se ha despertado.

—Mi padre... se ha despertado...

Daniel despertó con la boca seca. Otras consecuencias de la resaca fueron el martilleo de la cabeza y un inesperado bulto en el pijama, a la altura de la entrepierna. Su padre estaba preparando el desayuno como si quisiera que todo el pueblo se enterara (eso era lo que le había despertado). Daniel se levantó preguntándose hasta dónde habría sido capaz de llegar con Sofía si el sueño no se hubiera visto interrumpido. Desde luego, aquella no había sido ninguna pesadilla. Miró al hueco de la puerta con recelo. ¿Habría deseado que el sueño no hubiera sido tal? ¿Que Sofía surgiera de la penumbra y se lanzara a su cuello? No quiso seguir pensando en el tema, pues la respuesta era clara.

La vida de Daniel se había convertido en un mundo de locos.

—*Esto forma parte de la rehabilitació. Y lo que queda es aún peó, así que deja de quejarte, ¡cojone!*

Manu gritaba a Daniel cuando éste amenazaba con tirar la toalla con algún ejercicio.

—*Quiere recuperarte, ¿no? ¡Pue pongámono a ello!*

Y se ponían a ello.

Despertar por la mañana, mirarse al espejo y sufrir las torturas de Manu. Ese era su día a día. Desayunar con Jorge sin pronunciar palabra. Aumentar el ángulo de libertad a quince grados. Caen las hojas de los árboles, llega el otoño. Pasear a solas por el pueblo y descubrir lo mucho que ha cambiado. Discutir con Jorge por la comida. Discutir con Manu por el dolor. Discutir consigo mismo por tanta discusión. Veinte grados de libertad. Soñar con Sofía. Llorar a solas. Perderse por el bosque y ser rescatado por un pastor. Empieza a hacer frío. Pillar un catarro. Comprar una estufa barata. Empezar a entender el andaluz. Veinticinco grados. Odiar vivir con su padre. Odiar a su padre. Odiar ser tan pesimista. Pensar en Óscar y Kike. Salir a cenar a solas y hacerse amigo de un perro vagabundo. Mirarse al espejo y llorar. Llegan las tormentas. Treinta grados. Goteras en el techo. Treinta y cinco grados. Querer asesinar a Manu con una de sus máquinas de tortura. Cuarenta grados. Soñar con Sofía. Cuarenta y cinco grados. Cocinar cordero para cenar y descubrir que tu padre es vegetariano. Donar la carne de medio cordero al perro vagabundo. Soñar con Sofía. Cincuenta grados.

LA RELACIÓN de Daniel con su padre no mejoraba. Daniel no mostraba interés en acercarse a él, y a Jorge no parecía importarle demasiado —este hecho torturaba a Daniel—. Comían por separado, veían la tele por separado, y muchos eran los días en los que no intercambiaban una sola palabra. Pero lo que de verdad estaba matando a Daniel era la ausencia de noticias de los demás, su otra familia. No dejaba de preguntarse por qué nadie lo visitaba. ¿Dónde se habían metido Óscar y Kike? ¿Qué había pasado con el equipo? ¿Se habían olvidado de él en el primer equipo? Eran demasiadas preguntas. Por si eso fuera poco, había perdido su teléfono móvil. No lo había visto desde que despertó en el hospital, y ahora lo echaba de menos. El aislamiento era casi insoportable.

Para combatirlo, una tarde salió en busca de un cibercafé que, si mal no recordaba, debía de estar cerca de la plaza. Muchos metros para un hombre con muletas, pero el esfuerzo merecía la pena.

El local estaba vacío, y de las esquinas del techo se sostenían grandes telarañas. Se dejó caer en la primera silla y encendió el ordenador. Mientras este arrancaba, se masajeó las doloridas manos.

«Introduzca importe», apareció en la pantalla.

De inmediato sacó dos euros del bolsillo y

los introdujo por la rendija. Primero accedió a su cuenta de correo electrónico. Introdujo su dirección y contraseña, y cuando estaba a punto de pinchar en «aceptar», se detuvo.

«¿Y si no me gusta lo que veo? —pensó—. ¿Y si nadie me ha escrito en todo éste tiempo?»

Al final, la curiosidad pudo con el miedo al rechazo y Daniel accedió a su bandeja de entrada.

«Un mensaje nuevo.»

¡De Óscar! Un solo mensaje no era un bagaje demasiado esperanzador, pero Daniel se sintió feliz de tener noticias de su amigo.

De <oscar1987@freshburgers.com>
para <DaniSts@tecnoshop.com>
Que pasa chavalote,
Como andas?? Espero que estés
bien, capullo… Tengo montón de
ganas de verte, así que te advierto
que cuando vuelvas (si es que vuelves), pienso darte la vara cada día y
vamos a salir de fiesta como en los
viejos tiempos. Así que ya sabes:
recupérate, mamón!!

Daniel sonrió al recordar la guerra que su amigo libraba siempre con la ortografía.

Yo la verdad es que tengo un
montón de cosas que contarte, coti-
lleos de esos que nos gustan tanto.
Kike ya está al corriente de todo,
hable con él la semana pasada. A
ver, por donde empiezo…
La historia es larga, así que procu-
raré ser breve.

A continuación, Daniel entendió que la vida sentimental de su amigo había dado un vuelco cierta mañana, cuando tomó un tren para acudir al trabajo y coincidió con una jovencita. Ella lo había mirado entre la multitud del vagón y, en algún punto entre estación y estación, algo dentro de él despertó. El tren llegó a su destino y cada uno tomó su camino sin siquiera dirigirse la palabra. Esa noche, Óscar soñó con ella.

Al día siguiente Óscar se preocupó por coger el mismo vagón, y su pecho casi explotó cuando la vio en el mismo sitio que el día anterior, sonriéndole. De haber estado Daniel en el pellejo de Óscar, no habría ocurrido nada. Pero Óscar sabía sacarle el jugo a la vida, de modo que se armó de valor y se acercó a la chica misteriosa.

Almudena no solo sorprendía por sus ojos. Cualquiera, hombre o mujer, habría dicho de ella que era una universitaria, seguramente motivados por la informal coleta y las zapatillas deportivas. Era menuda y se expresaba con rapidez, propio de quien es un amasijo de nervios, como siempre decía Kike. Fue esta vivacidad lo que llamó la atención de Óscar. Estaba seguro de que nunca se habría fijado en ella de no haber sido por el contacto visual que ella había iniciado. Almudena era diferente a las chicas con las que solía salir. Era... auténtica.

Óscar no dudó en detallarle por email a Daniel la primera conversación.

—Hola, em... ¿te importa si me siento a tu lado?

Ella alzó la mirada y respondió con una sonrisa.

—No me importa si a ti no te importa.

—Pues no me importa —dijo él con firmeza. Y se sentó.

—Mi nombre es Almudena.

—Yo soy Óscar —respondió éste estrechándole la mano una vez.

Almudena rechazó el cortés saludo y en su lugar le dio dos impetuosos besos en la mejilla.

A mitad de camino entre lo perplejo y lo eufórico, Óscar empezó la conversación.

—Perdona si soy muy atrevido, pero me he fijado que siempre cogemos el mismo tren, y creo que podríamos hacer el viaje menos aburrido si vamos charlando de vez en cuando.

—Vaya, esto es genial, conversaciones matinales gratis —dijo ella con un divertido movimiento de cabeza.

—¿Gratis? ¿Quién ha pronunciado esa palabra?

Ambos se echaron a reír.

—En ese caso, ¿cuál es tu precio? Habrá que ver si mereces la pena. —Ella le guiñó un ojo.

—Solo bromeaba, para mí será un placer algo de compañía matutina.

—Me parece estupendo. Siempre he pensado que la gente en el tren debería abrirse más y no ir todo el día tan seria, ¡que parecemos rebaños!

—Pues entonces aquí hay dos ovejas que van a saltarse el reglamento.

Almudena no pudo reprimir una sonora carcajada que provocó que todos los viajeros del vagón se volvieran a mirar. Enseguida se llevó las manos a la boca muerta de vergüenza. Óscar la contempló encantado.

—Cuéntame, ¿estudias o trabajas? —preguntó.

—¿En serio? ¿Ese viejo truco te funciona con las demás chicas?

Óscar agitó la cabeza y pestañeó con fuerza.

—Espera, tienes razón, sé que puedo hacerlo mejor.

Almudena sonrió.

—Tranquilo, estaba de coña. Trabajo como ingeniera. ¿A que no lo habrías dicho?

—¡Ingeniera! Vaya, vaya... ¿Por qué crees que no lo pareces?

—No se, no tengo pinta de ingeniera. Y ya si me vieras en casa con bata y pijama, ni te cuento. —Sus mejillas adquirieron un tono rosáceo—. ¡Qué vergüenza! Te acabo de conocer y ya te estoy contando mi intimidad.

—No te preocupes. Me gusta la naturalidad.

—Eso me ha quedado claro cuando te has lanzado a hablar con una desconocida en el tren —dijo ella sonriendo.

Él le devolvió la sonrisa.

—Y dime, ¿qué clase de ingeniera eres?

—Electrónica. ¿Sabes esas plaquitas verdes que hay dentro de los ordenadores? Pues yo las diseño. Bueno, no las de los ordenadores, sino las de los aviones, pero es para que me entiendas.

—¡Qué pasada!

—No me tomes el pelo, listo.

—No, hablo en serio. Me parece alucinante trabajar en eso. Pero no se puede comparar con mi trabajo, que es el mejor del mundo.

—¿Si? ¿Y cuál es ese trabajo tan interesante?

—Soy cocinero, trabajo en una hamburguesería —dijo él muy serio—. Piensa en la mejor hamburguesa que has probado nunca.

Almudena cerró los ojos e hizo memoria.

—Ya la tengo. Una vez, en Nueva York...

—Pues yo la mejoro.

Almudena soltó una nueva carcajada, ésta más escandalosa.

—Perdona, no quería reírme así.

—Supongo que opinas que mi trabajo lo podría hacer cualquiera, pero... —Óscar hizo una pausa para dar dramatismo a su frase— ¡eso es porque aún no has probado mis super-hamburguesas!

—Mmmmm, pues a lo mejor algún día

me paso por tu restaurante —dijo ella tras relamerse los labios, un gesto que Óscar encontró tan entrañable como sensual.

—Pues a lo mejor te llamo un día y te invito a una.

—Pues a lo mejor yo te cojo el teléfono y acepto tu invitación.

Al cabo de algunas paradas, llegó el momento de la despedida.

—Yo me bajo aquí —dijo Almudena señalando la puerta del vagón.

—Ah, mira, esta también es mi parada. Debí habértelo dicho antes, ahora igual piensas que soy un pervertido y que voy a seguirte.

—¿Lo eres? Da igual, nadie querría seguirme hasta mi aburrida oficina.

Al salir por la boca del metro, Óscar dijo:

—¿Dónde está exactamente tu oficina? ¡Mierda, otra vez parezco un loco psicópata! ¡Te juro que es solo curiosidad!

Otra carcajada.

—¡Eres tremendo, tío! No te preocupes. Mira, es ese edificio de ahí. —Señaló un inmenso bloque de cemento.

—Por suerte yo voy en esta otra dirección, así que podré marcharme sin que sospeches de mí. Supongo que nos veremos mañana. Tu nombre era Almu... dena, ¿verdad? Perdona, soy horrible para los nombres.

—Te lo perdono porque me vas a invitar a la mejor hamburguesa del mundo. Sí, soy Almudena, pero puedes llamarme Almu. Y sí, mañana me encontrarás en el mismo tren a la misma hora de siempre. Ya sabes, como una buena oveja. —Acompañó la frase con un estiloso gesto de mano.

A partir de esa mañana siguieron coincidiendo en el mismo vagón, pero ya no solo se perseguían con la mirada, sino que charlaban. Para Óscar, ese era el mejor momento del día, y esperaba que ella sintiese lo mismo. Cuando el tren finalizaba su trayecto, se despedían y se dirigían a vivir cada uno su vida real sin saber del otro en todo el día, para a la mañana siguiente volver a empezar. Tampoco se dieron números de teléfono ni las direcciones de email, pues tenían un tren en común y, por el momento, eso era lo único que necesitaban.

Al otro lado de la conversación, Daniel frunció el ceño. Estaba algo preocupado por lo que acababa de leer, aunque sin duda ansioso por conocer el resto de la historia, por lo que continuó leyendo.

Se lo que estás pensando, pero es

que aún no te he contado la otra parte de la historia. Resulta que no estoy pasando por mi mejor momento con Carol. Estoy un poco rayado con ella, porque me estoy dando cuenta de que no es tan madura como yo creía. La quiero mucho y nos lo pasamos genial (y del sexo mejor ni te cuento, jajaja), pero por otro lado es muy celosa. Y luego tiene detalles que me hacen replanteármelo todo. Es muy infantil, tío. Por ejemplo, el otro día le quise invitar a cenar en un sitio bueno, y me dijo que no le apetecía, que había quedado para beber en el parque con sus amigas. Igual te parece una chorrada, pero como esas cosas hay varias. No sé, empiezo a pensar q esto no tiene futuro, no sé si me entiendes. Y ahora me surge esto con Almudena, que es tan interesante. No estoy diciendo que vaya a hacer nada con ella, no soy de esos que engañan a sus chicas, pero me está sirviendo para darme cuenta de algunas cosas. Me entiendes, ¿no?

De momento no me quiero complicar
la vida y dejaré que el tiempo ponga
las cosas en su sitio. Creo que voy a
dar otra oportunidad a Carol, porque
a lo mejor es todo cosa mía y resulta
que somos la pareja ideal. Pero por
otra parte Almudena cada día me
gusta más, te confieso que no dejo
de pensar en ella. Que conste que
estos detalles no se los he contado
absolutamente a nadie, ¿eh? Pero sé
que tú vas a guardar el secreto a la
perfección.
Así que eso es todo por el momento.
Ya te iré contando novedades,
aunque espero que la próxima vez tú
también me cuentes algo. Te echo
de menos… Bueno, me voy que me
estoy poniendo sensible ;-)
Un fuerte abrazo.
Óscar

Daniel tuvo que frotarse los ojos para contener la emoción. Releyó el email de principio
a fin con una sonrisa dibujada en la cara. Puso
mucho interés en cada palabra, como si quisiera captar cosas nuevas.

Luchando contra la tentación, no respondió al email. No sabía muy bien qué decir a su amigo acerca de su triángulo sentimental —sentía que llevaba fuera de casa una eternidad y no tenía una opinión clara sobre el tema—, y por otra parte no le apetecía hablarle de su padre y la depresión derivada de su maltrecha rodilla. Ya charlarían más adelante.

Más animado que como había entrado, Daniel se incorporó de la silla y salió del cibercafé. Con una sonrisa dibujada en la cara, avanzó con lentitud a través de las callejuelas del centro mientras pensaba en las cosas que Óscar le había dicho en el mensaje. Había una cosa que no le cuadraba: a pesar de que decía echarle mucho de menos, Óscar no parecía por la labor de visitarlo. Al fin y al cabo, Buitrago y Madrid estaban relativamente cerca, a menos de una hora en coche por la autopista.

Daniel encontró la plaza abarrotada de gente que paseaba, compraba en los comercios y tapeaba en las terrazas al aire libre. Se sentó en una de ellas y pidió una cerveza; la primera desde que llegó con su padre. Los tibios rayos de sol bañaban su rostro, reconfortándole. La cerveza: la solución a todos los problemas. ¿Estás cansado y tienes calor? Una cerveza. ¿Vives con un lunático? Una cerveza. ¿El médico dice que tu rodilla está hecha añicos y que parece una bolsa de gravilla? Pues, efectivamente, una cerveza.

De pronto, Daniel vio por el rabillo del ojo que tenía compañía.

—¿Qué quieres? —dijo Daniel, despreciando a quien se había sentado con él. Ni siquiera lo miró a la cara.

—Quiero saber si estás listo.

—¿Qué dices? Mi rodilla da pena, soy un lisiado.

—Hijo, no has venido aquí solamente a recuperarte de tu lesión. No estoy tan loco como aparento.

Daniel lo miró por primera vez. El sol le caía de frente y lo ofendía.

—¿Así que era eso? ¿Todas estas semanas ignorándome y viendo cómo me pudría en este pueblo de mierda eran una prueba? ¿Acaso me estás examinando?

—A mí no puedes engañarme, yo te vi nacer. Estás metido en un agujero emocional del que no sabes salir, y eres tan jodidamente arrogante que no eres capaz de pedir ayuda.

El semblante de Jorge era diferente respecto a días anteriores, así como su tono de voz. Daniel permaneció impasible ante el duro juicio al que le acababa de someter su padre, pero guardó silencio.

—¿Te gusta la música? —preguntó Jorge.

Daniel se encogió de hombros. No sabía adónde le llevaba esta conversación.

—Apuesto a que sí te gusta —siguió Jorge, recuperando su deje—. Pues te invito a que te encierres en tu habitación a oscuras, con alguno de tus temas preferidos en los auriculares, y saborees cada una de las notas como si hubieran sido escritas para ti.

—¿De qué cojones me estás hablando?

—¡Cuidado! No me refiero a escuchar una canción sin más, sino a *escucharla* —acompañó ésta última palabra apretando el puño con pasión—, ¡sentirla! Te sorprenderías de lo que se es capaz de sentir prestando algo de atención.

—¿Ahora quieres enseñarme a disfrutar de la música?

—¡Y lo mismo ha de ocurrir con el amor!

—¿El amor? Hemos pasado de la música al amor, estupendo.

—Apuesto a que relacionas el amor con alguna excelsa definición sacada de algún libro o alguna película. Sí, seguro que lo haces. ¿A cuántos monumentos te has follado, eh, galán? Seguro que a muchos, eres un chico atractivo.

Daniel dio un sorbo a su cerveza. Nunca

pensó que escucharía la palabra «follado» salir de la pulcra boca de su padre.

—¿Pero sabes qué? —Jorge pareció estar muerto cuando pronunció las siguientes palabras—: Apuesto a que nunca has mirado a una dama a los ojos y has pensado que no querrías estar en otro lugar en ese preciso instante. No, no lo has hecho. Nunca has sentido ese pánico y a la vez esa felicidad que produce amar a una mujer más que a ti mismo, porque hay que ser muy bravo para amar de tal manera.

A Daniel se le erizó la piel. Aquel loco con el que vivía estaba destripando su alma sin anestesia. A cada palabra de Jorge, Daniel se empequeñecía un poco más hasta el punto de no ser capaz de rebatirle ni una sola frase de haberlo intentado. ¿Cómo sabía aquel hombre tantas cosas sobre él?

—Contéstame a una pregunta —prosiguió Jorge—: ¿Qué es para ti el éxito?

Daniel balbuceó sin llegar a decir nada.

—Déjame adivinar: ¡Dinero! ¡Mujeres! ¡Uno de esos pabellones completos coreando tu nombre!

Daniel miró a su padre a los ojos suplicando compasión con sus pupilas.

—Eso son pamplinas comparado con

formar una familia, educar a dos hijos correctamente y sentir el cálido abrazo de tu mujer tras una dura jornada de labor.

Jorge, a quien se le notaba sensiblemente emocionado, hizo una pausa.

—Estás terriblemente dañado y el mundo se te ha caído encima. Crees que eres el hombre más desdichado del planeta. —Jorge resopló indignado, tanto como jamás en la vida le había visto Daniel—. Escúchame bien: no has tenido que pasar el mal trago de despedirte de tu mujer en la cama de un hospital, explicándole a la cara que apenas le quedan días de vida. En tu preciosa vida has experimentado algo que se acerque siquiera a tal grado de desdicha, chaval. No tienes ni idea de lo que es el dolor.

Una lágrima cayó desde el ojo derecho de Jorge, resbaló por su huesudo pómulo y murió en sus labios. Le temblaban las manos, pero aun así no desvió la mirada de su hijo. Después se levantó tan bruscamente que tiró la silla al suelo, y masculló con rabia:

—Tú mismo, hijo. Es tu vida.

Daniel se giró y miró a su padre. Esta vez era él quien no quería mirar a los ojos de su hijo. Tras andar dos pasos, Jorge volvió a girarse y pronunció las últimas palabras que Daniel oiría de él ese día:

—Cuando por fin te atrevas a tomar el camino en busca de la felicidad, verás que esa felicidad es el propio camino.

Dicho esto, se alejó y Daniel lo perdió de vista. Éste se mantuvo inmóvil, asimilando hasta qué punto su padre se había adentrado hasta el fondo de su alma para depositar en ella una bomba mortal. Así estuvo varios minutos, solo, aprovechando la lección de perspectiva, humildad y realidad que le había regalado su padre. Miró la férula que cubría su pierna y la acarició.

—Tampoco he echado tantos polvos —se dijo con una sonrisa.

25

LA VIDA SIGUE un perfecto y estricto equilibrio, y así es como debe ser. Todo es compensado y comparable, porque todo es relativo. No existe la perfección absoluta ni la felicidad plena, así como el mayor de los abismos tiene un fin y la oscuridad más profunda nunca es eterna. La vida nos enseña que es que es necesario sufrir para valorar el éxito y, cómo no, cuanto más exitosa es una etapa, más se sufre al finalizarla. Todo, absolutamente todo en la vida se rige por la teoría del equilibrio. Cuanto más se quiere algo o a alguien, mayor es la tristeza al perderlo. Si para obtener algo inviertes mucho tiempo y esfuerzo, mayor es el placer final. No existiría la gloria sin la derrota, ni el amor sin el odio.

Ambos van de la mano, y es necesario experimentar los dos para comprender su significado, por supuesto. A lo largo de tu vida ganarás unas veces y perderás otras, pero recuerda: debes celebrar las victorias y analizar las derrotas, pues éstas te darán la llave del éxito venidero.

Tumbado en su camita, un crío de ocho años escuchaba atentamente las palabras de su padre, cuyo rostro estaba siendo parcialmente iluminado por la luz cálida que irradiaba la lámpara de la mesilla.

—Escucha, hijo mío: algunas personas deciden no ponerse grandes metas para no darse la opción de fracasar, de la misma manera que prefieren no amar incondicionalmente a una persona para no convertirse en vulnerables y acabar sufriendo. Yo te digo que la vida consiste precisamente en eso, ganar y amar, pero también perder y sufrir. Algunos dicen que el mayor oponente del éxito es la derrota, pero yo opino que es mentira; ¡el mayor oponente del éxito es la mediocridad! Para ganar debes arriesgarte a perder. En eso consiste vivir. Mi consejo es que siempre procures dar lo máximo de ti mismo, hagas lo que hagas, porque de lo contrario, el fracaso no duele mucho y el éxito no es demasiado excitante. Recuérdalo siempre: en el mismo momento en que dejas de intentar algo por miedo a fracasar, ya has fracasado.

Vencido por el reconfortante tono de voz de su padre, la pequeña criatura, que no llegaba a comprender muy bien lo que le estaban explicando, no pudo evitar cerrar los párpados hasta quedarse dormido en la paz más absoluta. Su padre, decepcionado por no poder terminar su discurso, besó al niño en la mejilla.

—Buenas noches, Daniel.

HABÍAN TRANSCURRIDO algunas semanas desde que Daniel y Jorge llegaron a Buitrago, y la puesta a punto de la rodilla de Daniel ya había superado las etapas iniciales. Manu llegaba cada día temprano para realizar los ejercicios. Con la llegada del buen tiempo, las *torturas* pasaron a tener lugar en el jardín.

—¡Aaaaarrgghhh! —El desgarrado grito de se escuchó en toda la casa.

—*¡Vamo chiquillo! ¡Un poco má!*

Tumbado boca abajo sobre una esterilla, Daniel estaba sufriendo la parte más dura de la rehabilitación. Manu forzaba su rodilla (ya liberada de la férula) doblando la pierna hasta que el pie se acercaba a la parte baja de la espalda, formando un ángulo más agudo en cada serie. Tal era el dolor que provocaba el ejercicio que, un día, Daniel había estado a punto de perder el conocimiento.

—Joder, Manu, vas a terminar conmigo —protestó cuando Manu soltó su pierna. Se sentó en la esterilla con la respiración entrecortada. El sudor perlaba su rostro pálido—. ¿Tú crees que esto va bien? Cada día me duele más.

—*¡E normá! Te duele cada día má porque te fuerzo al máximo para que te recupere lo ante posible. Dani, ¡confía en mí, chiquillo! Cumplimo todo lo plazo. ¡Anda, no sea nenaza!*

—Te juro que jamás llegaré a entenderte al cien por cien. Que, por cierto, ya va siendo hora de que se te vaya un poco ese acento, ¡que ya llevas viviendo en el pueblo unos cuantos años, *pisha*!

Daniel, que ya empezaba a recobrar el color, dio a Manu una palmada cariñosa en la nuca.

—*¿Uno cuanto año? No e nada comparado con todo el tiempo que me queda en este lugá.*

—¿Por qué dices eso?

—*Es iguá, no me haga caso.*

—Está bien, confío en ti, pero no te pases, que un día de éstos acabas conmigo.

—*Por Dió, que niño tan quejica* —exclamó Manu mientras masajeaba la rodilla de Daniel, que en ocasiones realizaba muecas de dolor.

—Manu.

—*¿Sí?*

—¿Crees que volveré a andar con normalidad?

—*¿Andá con normalidá?*

Manu interrumpió el masaje.

—*No solamente volverá a andá, sino que podrá corré de nuevo. ¡Nos ha jodío que sí!*

—¿Lo dices en serio? ¿Volver a correr?

A Daniel se le iluminó el rostro.

—*Depende de ti.* —Manu contemplo a Daniel en silencio hasta que, pasados unos instantes, cambió de tema—: *¡Vamo con el último ejercicio de hoy!*

Daniel resopló antes de volver a tumbarse sobre la esterilla de los horrores, como le gustaba llamarle.

—*Uno, do... ¡tré! ¡Arriba!*

—*Aaaaarrgghhh...*

DESPUÉS DE LA SESIÓN, Manu entró en casa y se topó con Jorge la puerta que daba al jardín. No lo había visto por la diferencia de luz.

—¿Qué tal ha ido?

—*Bueno, lo cierto e que la cosa va mu bié* —contestó Manu sin mucho convencimiento—. *Jorge, amigo, ¿realmente e necesario que le metamo tantísima caña? He dejao a tu hijo al borde del desmayo.*

Jorge se cruzó de brazos.

—«Si están dispuestos a morir, ¿de qué hazaña no serán capaces? En una situación desesperada no temen a nada, si no hay retirada posible, son inquebrantables».

Manu miró a su viejo amigo como si se hubiera pasado con las pastillas para la tensión.

—Sun Tzu, *El arte de la guerra* —contestó Jorge con una media sonrisa—. Mi hijo se enfrenta en este momento a la batalla de su vida. Si quiere salir de ésta, me temo que no hay otra opción.

Daniel se desnudó y observó su reflejo en el espejo del cuarto de baño: nunca había estado tan delgado, y a pesar de las largas sesiones al sol, su piel seguía sin adquirir buen color. Se metió en la ducha, donde el chorro de agua tibia lo tonificó tras la dura sesión. Desde que había llegado a Buitrago, había tenido días mejores y peores, y aquel pertenecía al segundo grupo. A pesar de las palabras esperanzadoras de su fisioterapeuta, Daniel todavía se sentía un inútil.

«Tengo ganas de volver —pensó—. Lo que daría por tomarme una birra con Óscar y Kike. Por entrenar con el equipo como antes. Por volver a ver a Sofía.»

Añoraba tumbarse en su sofá, con los músculos entumecidos después de un duro entrenamiento, y simplemente charlar con Kike mientras veían cualquier chorrada en la televisión. Añoraba amanecer hecho un amasijo de nervios por tener que jugar un partido ese mismo día, en lugar de empezar ya cansado por la mañana y temiendo las torturas diarias de Manu. Le asustaba pensar en el futuro, pues era difícil predecir qué ocurriría después de las *vacaciones* en el pueblo. Pero lo que de verdad le aterrorizaba era verse a sí mismo sin volver a correr, sin poder jugar y sin hacer nada provechoso para ganarse la vida.

Así que al diablo Óscar y Kike. Podían seguir sin ir a verlo. Al diablo también Ricardo y... Sofía. Era estupendo que actuaran como si no hubiera pasado nada, fingiendo que no existía, porque su padre chiflado y su amigo, el despiadado fisioterapeuta, eran todo el apoyo con que podía contar. La recuperación de la rodilla era lo único que daba sentido a su vida, y estaba dispuesto a cualquier cosa por conseguirlo.

Las lágrimas se camuflaron con el agua de la ducha, lágrimas que habían estado semanas deseando ser liberadas. Daniel reguló la temperatura del agua hasta volverla tan fría que le quemó la piel. Apretó los dientes, y de pronto se dio cuenta de una cosa.

¿Por qué iba a esperar a que pasase el tiempo? Eso era precisamente lo que había estado haciendo toda su vida: esperar, esperar y esperar. Eso se había acabado. Tenía que dejar de ser tan caprichoso y egoísta. «Para empezar —se dijo—, debería dejar de hablar conmigo mismo y relacionarme más con otras personas tridimensionales, que voy a terminar por sacarme de quicio a mí mismo... ¡Y ya está bien de este agua helada, joder!»

Cerró el grifo, se secó rápidamente con una toalla y se preparó un café caliente antes de salir a pasear. Un poco de aire fresco era lo que más necesitaba.

· · ·

En un estrecho callejón cercano a la casa de Jorge, donde el único ruido que se escuchaba de fondo era el de algún ocasional vehículo de motor, se encontraba el Danilo. Era un pequeño restaurante italiano de comedor acogedor y decoración anárquica: desde caracolas provenientes de Croacia hasta lámparas de bambú decoraban el salón. Su propietario era un extravagante anciano natural de Birmingham cuya acentuada cojera ofrecía dudas acerca de su capacidad para ejercer la profesión. Allí terminó Daniel esa mañana, atraído por el buen olor que despedía la cocina.

—Buenos días, caballero. ¡Bienvenido al Danilo! ¿Desea que le informe sobre el menú de hoy?

Daniel se cohibió. No esperaba tal calurosa bienvenida, y no sabía lo que le apetecía comer; solo había salido a dar una vuelta.

—No tengo mucho hambre. ¿Sería posible simplemente algo de beber? Algo refrescante.

—¡Por supuesto! Mire, siéntese en esta mesa de aquí, junto a la ventana. ¿Qué le sirvo entonces? —preguntó una vez que Daniel ya se había acomodado.

—Una limonada con hielo.

—¡Marrrrchando! —exclamó el dueño, y se escurrió dentro de la barra.

Daniel se percató de que, aunque el hombre hablaba un fenomenal castellano, no era español. No solo le delataba el acento anglosajón, sino también su piel rosácea y unos ribeteados ojos azules.

Todo en aquel lugar le llamaba extrañamente la atención, desde el viejo hasta la decoración del comedor y sus dimensiones. ¿Por qué no tenía mesas al aire libre, aprovechando el maravilloso día? Además, estaba completamente vacío, y a pesar de ello la cocina desprendía deliciosos aromas. En ese tipo de cosas pensaba cuando el camarero se acercó a la mesa con la limonada en una bandeja.

—Nunca te había visto por aquí, *mate*. ¿Eres nuevo en el pueblo?

¿*Mate*? ¿Qué significaba aquello? No importaba, pero algo era ya más que evidente: el viejo no era español.

—Mi padre es de aquí, y yo hacía muchos años que no venía.

—¿*Really?* —El hombre lo observó con penetrantes ojos azules. Daniel se sintió analizado.

El anciano comenzó a hablar de cuando tenía veintidós años y sus padres tomaron la decisión de abandonar Inglaterra. Su padre trabajaba como percusionista. Tocaba para pequeñas orquestas que amenizaban las fiestas locales en ciudades como Oxford, Stratford o Cambridge. Un día, la orquesta sinfónica de Radio Televisión Española le ofreció un puesto como percusionista principal, así que la familia se trasladó a Madrid. Una vez allí, el dueño del Danilo, que por entonces era solo un adolescente, conoció a una joven madrileña de la que se enamoró y con la que se casó. Con los ahorros que obtuvo trabajando como camarero en un hotel de la capital, fue capaz de cumplir un sueño: compró un pequeño local en Buitrago y abrió su propio restaurante.

—¿Es este el restaurante que abriste? —quiso saber Daniel.

—En efecto —respondió el anciano con orgullo.

—¿Y por qué comida italiana, si puede saberse?

Al hombre se le dibujó una agradable sonrisa. Era como si la pregunta le hiciera sentir especial.

—Siempre ha sido mi preferida. En Inglaterra no hay materia prima para hacer unos buenos canelones, pero aquí... *¡mamma mía!*

—Desde luego habla usted mejor español que mucha gente de aquí —dijo Daniel después de dar un sorbo al refresco.

El viejo inglés se echó a reír sujetándose la tripa con las manos.

—¡Ya lo creo! Mira, te enseñaré algo.

Se volvió y se arrastró de nuevo hasta detrás de la barra. Una vez dentro, se quedó mirando a Daniel y exclamó:

—¡Vamos, *mate*, acércate sin miedo!

Daniel cogió su vaso y obedeció. En la barra, el viejo señalaba un recipiente de porcelana que había situado junto a la ventana. Un haz de luz entraba a través del polvoriento cristal, iluminando una flor que flotaba en el agua que llenaba el recipiente. Descansaba sobre una base de hojas verdes y pétalos puntiagudos, en diferentes niveles de colores blancos y rosas. La belleza de la flor era de tal magnitud que Daniel se sintió hipnotizado.

—Ésta es una flor de Loto. Sabes lo que es una flor de Loto, ¿verdad?

—Em... claro —mintió Daniel.

—Esta flor tan particular es de origen asiático —explicó el hombre—. La cultivé yo mismo, y cada día me encargo de cuidarla y proporcionarle luz para que crezca fuerte y sana. Es la joya del restaurante.

—¿Y qué tiene esta flor de especial? Quiero decir, a excepción del olor tan fuerte que desprende.

—La flor de Loto es capaz de crecer en el lodo. Por eso es tan especial.

Ahora el anciano hablaba más para sí mismo que para Daniel.

—Es uno de los principales símbolos del budismo, y representa la pureza que surge de entre la inmundicia para florecer, elevada e impecable, recordando la condición del hombre: hecho de material corrompible, su ser puede elevarse hacia planos sublimes.

Volvió a dirigirse a Daniel:

—Piénsalo por un momento, *mate.* Si hay un ser vivo capaz de nacer y crecer entre el fango, ¿a qué no podrá hacer frente en vida? ¿Cuán bello y fuerte debe de ser?

Daniel no entendía por qué estaba manteniendo una conversación sobre una flor con un budista, pero sentía que le estaban aleccionando sobre algo que no llegaba a comprender.

—Nadie elige crecer entre barro, por supuesto. Ni siquiera nadie en su sano juicio querría, a priori, estar cerca de nada que se desarrollara entre terrenos pantanosos. Sin embargo, paradójicamente, la flor de Loto nos enseña que para alcanzar la plenitud, muchas veces es necesario sufrir. Hacerse fuerte por la fuerza, en definitiva.

El hombre sonrió con los ojos más brillantes de lo normal, si eso era posible.

A pesar de tener la sensación de estar hablando con un loco de sus locuras, Daniel se sentía bien allí dentro. Continuaron hablando de diferentes temas de conversación, la mayoría de ellos igualmente extraños, hasta que Daniel se dio cuenta de que habían transcurrido casi dos horas desde que había entrado por la puerta y, lo que era aún más raro, nadie más había entrado al local desde entonces.

—Creo que es hora de que me vaya, ya le he entretenido bastante —dijo—. Por cierto, creo que no nos hemos presentado aún. Me llamo Daniel.

—¡Oh! ¿No te dije mi nombre? Qué despistado es este viejo. Yo soy Steve. —Le dio un fuerte apretón de manos—. Por cierto, Daniel, te llamas como mi restaurante.

—Es verdad, no me había dado cuenta. En fin Steve, ha sido un placer hablar contigo. Supongo que nos veremos por aquí.

Desde la puerta, sus ojos se toparon con el enorme reloj que había detrás del mostrador.

Marcaba las 13:45. Lo miró con atención y percibió que algo no cuadraba en él.

—¡*See you*! —se despidió Steve alzando la mano.

—Sí, *see you*... —murmuró Daniel sin dejar de mirar la esfera.

Aquel reloj estaba en hora y funcionaba perfectamente, con una única singularidad: lo que se movía en su interior eran las sombras de las manecillas del reloj, unas manecillas que no existían. Habían desaparecido.

Una fuerte tormenta abatió el pueblo inesperadamente. En unos minutos, el cielo se volvió tan oscuro que parecía de noche, y una fuerte ventisca acompañó a los primeros relámpagos. Daniel incrementó el ritmo, pero no pudo evitar el chaparrón. Cuando llegó a casa, la ropa le chorreaba. La larga charla con Steve y la apresurada vuelta le habían dejado hambriento, por lo que se preparó rápidamente un bocadillo de jamón con queso y se lo llevó a su habitación. Allí se cambió de ropa y se sentó en la cama para engullirlo mientras escuchaba el repiqueteo de la lluvia contra los cristales. Terminó el bocadillo en cinco minutos y se tumbó sobre la cama. Envuelto por el hipnótico sonido de la tormenta, Daniel no dedicó sus últimos pensamientos a Steve ni a su extraño reloj. Tampoco a su padre, ni a Manu, ni siquiera a su maltrecha rodilla. Aquella tarde, Daniel se echó una plácida siesta arropado por una visión que le acompañaría durante el resto de su vida: Sofía, acariciada por el viento nocturno, miraba hacia el infinito apoyada sobre la barandilla.

Los días pasaron y se llevaron consigo el otoño para dar entrada al frío de la sierra. La rodilla de Daniel progresaba satisfactoriamente, superando los plazos previstos, y las dolorosas sesiones con Manu pasaron a mejor vida; ahora lo que se llevaba eran los paseos. El propósito de éstos era acostumbrar a los ligamentos a los movimientos más básicos, y a la vez fortalecer los músculos de la pierna, severamente mermados por la inactividad.

Cada día, Daniel seguía el camino que llevaba al embalse de Riosequillo. Los primeros días necesitaba la ayuda de un bastón, pero pronto se liberó de él y pudo trotar a ritmo lento. Antes de que empezara el invierno, ya iba y venía del embalse corriendo.

Una mañana de diciembre lo despertó un

agradable aroma a tostadas recién hechas. Con mejor ánimo de lo normal, Daniel se levantó, se puso el chándal y salió de su habitación. Por primera vez desde que llegó a Buitrago, no se escudriñó a sí mismo a través del espejo en busca de respuestas; no las necesitaba. En la cocina encontró a Jorge desayunando. En la radio sonaban las noticias matinales.

Daniel le dio los buenos días.

—Buen día —respondió Jorge sin mostrar asombro, a pesar de que era la primera mañana que su hijo le saludaba.

Daniel se sirvió un zumo de naranja y se lo bebió de un trago sin sentarse a la mesa. Después cogió un tazón de porcelana del armario y lo colmó de cereales. Los empapó de leche y los engulló.

—¿Adónde vas así vestido? —le preguntó Jorge tras algunos minutos en los que solo se oía el crujir de los cereales.

—¿Adónde crees que voy? Llevo días sin cambiar de rutina.

—¿Vas a salir a correr? Fenomenal, te acompañaré.

Daniel se volvió convencido de que le tomaba el pelo. En ese instante se percató de que no solamente era la actitud de su padre lo que había cambiado en él. Su mirada era diferente.

La expresión de sus ojos simplemente no coincidía con la del resto de su cara, era como si aquellos dos pequeños círculos azules vivieran en un mundo diferente al resto del cuerpo.

—No me mires así. Este viejo también necesita desengrasar sus articulaciones.

Daniel vio *eso* en los ojos de su padre, un brillo que hacía creer que podía predecir el futuro.

—Como quieras —dijo Daniel.

Cuando terminó de desayunar, se dirigió a su padre con chulería:

—¿Piensas salir con esa ropa?

Jorge examinó su vieja bata y se encogió de hombros.

—No veo por qué no.

Sin dar tiempo a la réplica, se levantó y se desprendió de la bata, que dejó doblada en la silla. Para sorpresa de su hijo, debajo de la bata escondía un modernísimo chándal.

—¿Te gustan mis zapatillas? —preguntó con entusiasmo mientras adelantaba el pie derecho—. Me las compré ayer, me costaron un dineral. Venga, ¡vámonos!

Apagó la radio y atravesó la puerta de la cocina.

Esa mañana Daniel aumentó el ritmo sin darse cuenta, seguramente intimidado por la presencia de su padre. Caminaba siempre un metro por delante, intentando demostrar su buena forma y a la vez deseoso de volver a casa y dar fin a aquella violenta situación. Jorge, por el contrario, disfrutaba del paisaje, y en ocasiones se detenía a observar alguna planta, obligándose a acelerar el paso después para alcanzar a su hijo, que no esperaba. Al cabo de un buen rato, Daniel decidió entablar conversación:

—Hace unas semanas Manu me dijo que podría volver a jugar. ¿Tú qué piensas?

Jorge alzó la cabeza y contestó sin pensar.

—A mayor tiempo y esfuerzo invertido, mayor placer final, ¿recuerdas?

Daniel sonrió.

—¡Oh, no, auxilio! ¡La teoría del equilibrio otra vez no! —se burló con las manos en los oídos. A veces se preguntaba quién era el padre y quién el hijo.

—¡Ajá! ¡Así que te acuerdas!

—Cómo no me voy a acordar, si era tu discurso preferido. Prácticamente cada día me obligabas a escucharlo. —Entonces Daniel imitó la voz de su padre—: *verás, hijo, cuanto más se sufre, más placentera es la victoria y bla, bla, bla...*

—Serás exagerado. ¡Has de reconocer que te gustaba!

—¿Cómo era? *Para ganar, hijo mío, tienes que arriesgarte a perder...*

—¡Exacto! Aunque mi parte preferida era: *da siempre lo mejor de ti mismo, porque de lo contrario la derrota no duele mucho, pero...*

—*...pero la victoria no es muy excitante.*

Terminaron la frase al unísono. Después se miraron en silencio y explotaron en carcajadas.

—Hijo, ¿me repetirías la pregunta de antes?

Daniel frunció el ceño.

—¿Qué pregunta?

—¡Despierta, so memo! La que me has hecho hace un momento.

—¿La de si crees que podré volver a jugar?

Jorge sonrió. Después metió la mano en el bolsillo del chándal y extrajo un sobre. Se lo tendió a Daniel, que lo cogió con manos temblorosas. Era una carta. La sacó del sobre y echó un vistazo rápido. Venía escrita a ordenador y en la esquina superior izquierda podía verse impreso el escudo de...

—¡Me escribe el equipo! —Daniel dejó escapar un gritito infantil.

Paralizado en medio del camino, leyó:

Estimado Daniel Santos,

Desde la dirección del club, y como máximo responsable de la entidad, deseo comunicarle nuestro deseo de que complete la plantilla del primer equipo para lo que resta de temporada, como premio al esfuerzo y constancia demostrados, al margen de su incuestionable calidad ya supuesta.

Tenemos informes de que la recuperación de su desafortunada lesión está superando los plazos más optimistas. Nos alegramos por ello, y le damos nuestra sincera enhorabuena. Nos gustaría que se incorporara al equipo el sábado de la semana que viene. La idea del entrenador es que entre en la dinámica del equipo progresivamente, por lo que hemos decidido que pasará a ser un activo total y permanente del mismo. De esta forma, después de presenciar desde el banquillo el partido del sábado (queremos que se integre en el equipo cuanto antes), comenzará a entrenar diariamente con sus nuevos compañeros.

Le deseamos mucha suerte en esta nueva etapa.

Atentamente, el presidente.

El papel le bailaba en las manos. No podía pensar. Para él, lo único que existía en el mundo en ese momento era la carta con el sello de su equipo. Su padre no estaba allí, el viento no provocaba ningún tipo de vaivén en las ramas de los árboles y no se escuchaba a los pájaros piar. Todo, a excepción de aquel papel, parecía alejarse rápidamente hacia el infinito, dejándolo solo en la inmensidad de la nada. Pero seguía vivo, y consciente. Daniel sabía esto porque escuchaba el palpitar de su corazón como el bombo de una batería retumbando junto a sus oídos. Cada vez más rápido, cada vez más fuerte. *¡Pum, pum, pum!* Y de fondo, silencio. El entusiasmo que vivía en ese momento le impedía reaccionar ante la insistencia de su corazón por abandonar su caja torácica. Fijando de nuevo las pupilas en los párrafos que le habían devuelto la esperanza, los leyó de nuevo. Las letras bailaban frente a él. Estaba tan eufórico que era incapaz de centrarse en una frase concreta. Algo iba mal. Cerró los ojos con fuerza y alzó la cabeza hacia el cielo. Todo lo que vio fue un manto de color blanco perla, tan deslumbrante que tuvo que desviar la mirada. De pronto, algo extraño sucedió. Los latidos recobraron su ritmo habitual, el sol volvió a brillar entre las nubes y las letras dejaron de bailar. Todo eso ocurrió instantes antes de sentir lo que parecía una fuerte descarga eléctrica atravesando su cerebro.

26

Había perdido la noción del tiempo mientras reflexionaba con la mirada en el techo. Para empezar, mi vida había cambiado en los últimos meses; yo misma me sentía distinta. Un trueno me sacó del ensimismamiento, y pronto se desató una tormenta que hizo vibrar las ventanas.

Era viernes por la noche, y hacía un par de horas que había recibido su nota. No podía apartar mis pensamientos de ella, así como de los muchos sentimientos que ese pedazo de papel había despertado en mí.

¿De modo que ahora se iba? En un principio, admito que me había sentido aliviada. El juego se había vuelto agotador, y un respiro no me iba a venir mal (o al menos eso pensaba entonces). Pero cuando una vive sola, tiene muchas horas para hablar consigo misma, y lo que me dije esa noche de viernes me obligó a admitir la realidad: ese hombre me hacía sentir como nadie lo había conseguido hasta entonces. Su forma de escribirme cada semana hacía latir mi corazón a mil por hora.

Mis sentimientos eran fuertes. Eran tan fuertes que asustaban. A esa conclusión había llegado hacía una hora y media, mirando al techo desde la cama, mientras daba vueltas a mi respuesta:

Me sentía como una estúpida solo por pensarlo, pero iba a echarlo de menos. Echaría de menos a alguien de quien no conocía nada. Ahora que lo pensaba, por no conocer, no conocía ni su nombre. No quería que se fuera. Quería seguir jugando. Quería tenerlo al otro lado de la puerta para siempre.

Esa noche casi me dormí sintiéndome desgraciada y estúpida a partes iguales. Lo habría conseguido si un hambriento conejito no hubiera aparecido de la nada para lamerme la nariz con perseverancia.

27

Un hombre de mediana edad veía la televisión tranquilamente en el sofá de su chalet con una copa de vino peleón en la mano derecha y el mando a distancia en la otra. Lucía con orgullo un bigote negro que complementaba una melena afectada por las entradas de la edad.

La puerta de madera se abrió, y una niña de cabello castaño y grandes mofletes entró en el salón con el ímpetu de un huracán.

—¿Dónde has estado? —preguntó el hombre cuando su hija se abalanzó contra el sofá.

—¡Hola, papiiiiii! He estado con las chicas en el río.

—Hace un día excelente para ir al río. Pero ten cuidado, ¿quieres? Solo tienes doce años.

Su padre dejó a un lado la atención de la televisión para atender a su hija.

—Dime, ¿lo habéis pasado bien?

—¡Ya lo creo! Nos hemos reído un montón y, ¿sabes qué? —Los ojos de la niña se abrieron de par en par—. ¡Ha venido un niño nuevo!

—Qué bien —dijo el hombre, preguntándose si en el futuro tendría problemas con ese hombrecito—. ¿Es de aquí, del pueblo?

—Creo que es de Madrid... Pero es muy majo, aunque habla muy poco...

La niña se llevó la mano a la boca y se le escapó una risita.

—Pues qué bien que tengas amigos nuevos. Trátale bien, que siendo recién llegado estará algo cohibido, ¿eh? No seas mala. —El hombre sonrió—. Por cierto, no me has dicho su nombre.

—¿Su nombre? Pues no me acuerdo... ¡Ah, sí! ¡Creo que se llama Daniel!

Antes de que los Santos fueran castigados, la familia solía pasar las tardes de verano en las piscinas del pueblo, situadas en la orilla del embalse Riosequillo. Mientras Jorge y Andrea se relajaban leyendo un libro o jugando a las cartas a la sombra de algún árbol, los niños daban rienda suelta a sus hormonas. A sus diecinueve años, Ricardo era el más activo. Iba y venía de las toallas a la piscina, y a veces se perdía durante varias horas. Desde la sombra del árbol, sus padres lo solían ver haciendo aguadillas a las chicas de su edad y creando algún que otro enemigo.

Daniel era el niño tímido que devoraba cómics en su toalla. No tenía amigos en el pueblo y, aunque se llevaba de maravilla con su hermano mayor, la diferencia de edad le impedía compartir sus amistades.

Un día, mientras la familia disfrutaba de unos helados para combatir el calor, Ricardo vio a una niña de piernas de cigüeña que se acercaba a ellos titubeante.

—Ey, enano, ¿no es esa tu novia? —le dijo a Daniel.

—¡Yo no tengo novia! —protestó Daniel.

—Será posible, pero si te estás poniendo rojo.

—¡Cállate!

Ricardo soltó una carcajada cuando los mofletes de Daniel se volvieron más colorados de lo habitual.

—Tranqui, chaval, que es broma. Pero es tu amiguita, ¿no? Te lo digo porque se está acercando. Y creo que viene a por ti.

El pequeño de la familia no dijo nada. Se limitó a tragar saliva mientras se preparaba para un irremediable encuentro con aquel extraño ser de bañador rosa que iba a agitarle el verano.

—Ho-hola, Dani —dijo la niña cuando por fin llegó a la zona de las toallas.

—Hola...

A Daniel le habría gustado que la tierra se lo tragase, sentimiento que tendría muchos años después junto a la barandilla de un ático frente a esa misma niña.

—¿Te apetece venir a jugar al agua conmigo? —se atrevió a preguntar ella.

—¿Al agua? ¿Co-contigo?

Un incómodo silencio se produjo mientras Ricardo observaba la escena con diversión.

—¡Claro que quiere! —Gritó, echándole un cable a su hermano pequeño—. Venga, vete a jugar con tu amiga, enano. Lo pasaréis bien.

Ricardo le guiñó, y Daniel, indignado por haber sido llamado *enano* delante de una chica, odió a su hermano con la mirada.

—Venga, vamos —dijo al fin. Por dentro estaba dando saltos de alegría.

El rostro de la niña se iluminó. Después se giró y corrió hacia la piscina, a la que se lanzó a lo bomba. Daniel la imitó entusiasmado. No retomó la lectura del cómic hasta la noche.

LA NUEVA AMIGA de Daniel vivía con su padre en una casa situada en las afueras de Buitrago. Era un hogar pequeño pero coqueto, con un jardín trasero donde dos almendros sujetaban una hamaca de tela.

—De mayor me gustaría ser bailarina —dijo Sofía tumbada en la hamaca una tarde de agosto.

—¡Qué guay! Yo... ¡yo seré tu *represente*! —contestó Daniel desde la hierba seca, donde estaba sentado.

Sofía se rio a carcajadas.

—Se dice *representante*, tonto.

—Bueno, como sea.

—¿Y tú? ¿Qué quieres ser de mayor?

—Ya te lo he dicho: representante.

—¡Pero mira que eres tonto, niño!

A Daniel le fascinaba que ella le llamara de esa forma. Mientras la miraba como un bobo, Sofía se apeó de la hamaca y se sentó a su lado.

Estuvieron varios minutos cogidos de la mano en absoluto silencio. Estaba anocheciendo cuando Sofía apoyó la cabeza en el hombro de Daniel.

—Me encantan estos momentos. Siempre los recordaré.

—Ya te digo. Qué bien se está así.

El padre de Sofía se asomó por la ventana.

—Hora de entrar en casa, chicos —dijo con su tono grave—. Dani, ¿te quedas a cenar?

Sofía batió palmas.

—¡Sí! ¡Quédate, porfa!

—No puedo —respondió Daniel—. Mis padres me esperan para cenar. Otro día, ¿vale? Ahora me tengo que ir, que ya es casi de noche.

Se despidieron prometiendo verse al día siguiente.

—En el sitio que hemos dicho, ¿no? —le gritó Sofía justo antes de entrar en casa.

—¡Donde hemos dicho!

Daniel anduvo todo el camino a casa disfrutando de sus mariposas en el estómago. De vez en cuando pronunciaba su nombre en voz alta (Sofía...) y echaba a correr de felicidad.

En casa reinaba el silencio, algo que no era habitual a esas horas del día. Todo estaba a oscuras a excepción de la cocina, donde

Ricardo estaba friendo unas pechugas de pollo.

—¿Dónde están papá y mamá? —preguntó Daniel, extrañado.

Ricardo se volvió sorprendido. No lo había oído entrar por culpa del chisporroteo del aceite en la sartén.

—Ey, enano. A mamá le ha empezado a doler mucho la tripa y papá se la ha llevado al médico. Me han dicho que, si tardaban demasiado, fuéramos cenando sin ellos. ¿Tienes hambre?

Daniel se encogió de hombros y se sentó en una de las sillas de la cocina a esperar a que su hermano terminara de preparar la cena. Ninguno de los dos se imaginaba el cambio radical que estaban a punto de dar sus vidas.

Lo primero que vio Daniel al abrir los ojos fue el papel que confirmaba su regreso a los terrenos de juego: el billete hacia el país de los sueños. Tendido boca arriba en el sofá del salón, miró el reloj.

Se avergonzó.

La siesta se había alargado hasta el anochecer. Entonces le vino a la memoria lo sucedido aquella mañana, justo después de que su padre le diera la buena noticia. ¿Qué había sido aquella descarga? Cualquiera pensaría en un desmayo fruto del impacto emocional debido a la gran noticia de volver a jugar. Pero no había sido una caída de tensión ni una pérdida de conocimiento. Un segundo después del ataque, todo había vuelto a la normalidad. Jorge permanecía en medio del camino como si no hubiera ocurrido nada fuera de lo común. Pero había ocurrido. En ese momento había sentido a su cerebro al borde del colapso.

Ensimismado en sus sombrías divagaciones, no se dio cuenta de que estaba solo en casa.

Todavía adormilado, Daniel se dirigió a la cocina y se preparó la cena. Cuando alguien se sienta a solas en la mesa, el aburrimiento le obliga a pensar.

«Tengo que ponerme las pilas si quiero llegar a final de temporada en forma. No la puedo dejar escapar esta oportunidad», se dijo Daniel mientras se llevaba un dado de queso a la boca.

Cenó en un santiamén y se sentó a ver la televisión un rato. No tardó en acostarse. El día siguiente iba a ser importante y quería estar descansado.

Desde que llegó a Buitrago, Daniel no había corrido riesgos con la rehabilitación. El de ese día iba a ser el primero. No le importaban los plazos, y la opinión de Manu se la traía floja en un momento crucial como ese. Le quedaba menos de una semana para volver a ser un jugador de baloncesto y no había tiempo que perder. Tenía que ponerse en forma.

Un obstáculo le cortó el paso en el jardín.

—Buenos días, Jorge —saludó Daniel con seriedad—. Vuelvo en un rato.

Jorge parecía de buen humor mientras regaba el jardín.

—¿De quién huyes? —dijo enseñando los dientes en una sonrisa.

—¿Huir?

—¿Adónde vas con tanta prisa?

—Voy a salir a correr —Daniel no vaciló.

—¡Oh! Que tengas buena carrera entonces. Te acompañaría con gusto, pero últimamente esta cadera me da un poco de guerra.

Daniel ignoraba si su padre hablaba en serio o se burlaba de él, sentimiento que ya empezaba a ser habitual. Se despidió con un gesto despreocupado y salió de la finca dejando a Jorge pendiente de la manguera. Daniel se extrañó de que su padre no hubiera intentado disuadirlo. «Es demasiado pronto, estoy seguro de que Manu no lo aprobaría», era la frase que había imaginado. Pero nada de eso sucedió.

Empezó trotando a un ritmo bajo. Igual que a un niño que acaba de aprender a caminar, los primeros pasos se le hicieron extraños. Se sintió seguro a los pocos metros, cuando dejó el pueblo atrás siguiendo su ruta hacia el embalse. El viento chocaba contra sus mejillas, era agradable. Transcurridos varios minutos, se dio cuenta de que todavía no se había cruzado con ningún viandante o ciclista, algo que no era habitual. Aunque le era difícil mantener la respiración estable, sus piernas respondían sin síntomas de dolor. A él siempre le había gustado ver la vida desde los ojos del corredor, *a cámara rápida*. Con el ánimo del alpinista que corona el Everest, alcanzó el embalse.

No era normal sentirse así de bien.

El camino de regreso era ligeramente cuesta abajo, lo que le permitió aumentar el ritmo. Sus piernas empezaron a quejarse, pero las ignoró. Ya veía las primeras casas del pueblo a lo lejos. Los músculos ardían y las articulaciones chirriaban. Los pulmones agonizaban con gritos silenciosos mientras el corazón bombeaba sangre caducada. Pero algo mandaba sobre todos ellos, ordenándoles continuar. El alma, drogada de motivación y esperanza, no entendía de dolor, ya no. La adrenalina espoleaba sus piernas. Por suerte para su maltrecha rodilla, el final de la ruta estaba cerca. Cruzó la plaza central como una bala y dobló una esquina. Allí, frente a la puerta de la muralla, se detuvo. Apoyó las manos en las rodillas y cogió aire. Había cometido una insensatez, pero estaba satisfecho por haberlo logrado. Cuando sus extremidades dejaron de temblar, atravesó caminando la muralla y entró al patio de armas del Castillo.

Estaba solo, así que se dirigió a uno de los bancos que había frente a la iglesia para estirar los músculos.

A los pocos segundos escuchó el llanto de un niño. En el muro trasero de la iglesia, lugar de donde provenía el sonido, una niña sollozaba. Estaba sentada sobre una roca con la espalda apoyada en la pared de piedra de la iglesia. Estaba sola, así que Daniel decidió acercarse para descubrir el motivo de su aflicción.

La cría no advirtió su presencia. Antes de que Daniel llegara a ella, se secó las lágrimas con la manga del jersey y atravesó el patio de armas, ignorándolo. Daniel se sintió invisible a sus ojos. El viento había dejado de soplar. De pronto era como si estuviese dentro de un sueño, pensamiento que le erizó la piel.

En el extremo opuesto del patio se alzaba un pequeño monolito de piedra en cuya punta había sido esculpida una cruz gótica. La niña se detuvo junto al monolito y se agachó para coger una piedra con punta. Después se acercó a un banco de madera y lo rasgó con la punta de la piedra. Invadido por la curiosidad, Daniel se acercó. No supo descifrar lo que la pequeña estaba escribiendo. Cuando no pudo más, la niña dejó caer la piedra y rompió a llorar desconsoladamente.

De pronto Daniel sintió una dura punzada en el pecho. Conocía a aquella niña. O mejor dicho, la *conoció*. Incapaz de distinguir si aquello estaba ocurriendo en realidad o se trataba de un sueño, recordó los felices veranos de su infancia. Y al volver a su mente aquella niña que lloraba frente a él, viajó al jardín de su padre. Un primer flash le mostró una hamaca de tela que colgaba de dos árboles. Tras un segundo flash, notó que la niña le cogía de la mano. *Voy a ser tu representante...*

Se le ablandó el corazón.

«¿Cómo era posible que la olvidara? —pensó—. ¿Cuál era su nombre? Se llamaba...»

Un resplandor iluminó el cielo. Cegado, se cubrió los ojos con las manos. Solo la niña, que continuaba llorando sin que el destello pareciera importarle, se distinguía en el inmenso mar de luz blanca.

Entonces la niña alzó la cara y retiró las manos de ella. Lo que Daniel vio le aterró hasta la médula, y, al mismo tiempo, un reconfortante amor le invadió. La cría lo miró por primera vez, solo que ya no se trataba de una niña, sino de una hermosa joven cuyo rostro era la viva imagen de la compasión.

«Se llamaba Sofía.»

Flotando en el resplandor, intentó rozar la mejilla de Sofía a pesar del miedo a que cualquier brusquedad acabará con el sueño.

Es lo que sucedió. Cuando ya casi sentía el tacto de su piel, Sofía se apartó y, con la tranquilidad de quien conoce los secretos de un acertijo, guiñó un ojo y sonrió. Después se volvió. Un repentino ataque paralizó entonces a Daniel. Era otra vez ese golpe de energía eléctrica que lo había invadido el día anterior, solo que éste era todavía más fuerte. Atravesó su cuerpo y tomó el control de sus músculos, que se contrajeron.

Cuando la fuerza eléctrica menguó, Daniel recuperó el control de su cuerpo. Le dolía la mandíbula por la tensión. Estaba sentado en un banco (no recordaba haberlo hecho) y, al mirar con recelo en derredor, comprobó con cierto alivio que continuaba en el patio de armas. Las ramas de los árboles volvían a bailar al son del viento y la luz blanca había desaparecido, así como la niña.

—¡Sofía! —gritó.

Lo que acababa de experimentar no había sido un sueño, sino una alucinación fruto del cansancio. De nuevo en la *realidad*, recordó las grietas sobre la madera que la niña había marcado unos segundos antes. Instintivamente se giró, y lo que descubrió le dejó perplejo. Cuatro oraciones habían sido marcadas en la vieja madera.

Niño, ¿por qué no has venido?
27-07-1993

¿Volveremos a vernos? Por favor, búscame
21-07-1994

Daniel comprendió. La reciente alucinación que acababa de sufrir no había sido más que el resultado de un recuerdo de algo que jamás debió ser olvidado. Pero no podía ser un recuerdo, ya que él no estaba allí cuando Sofía talló los mensajes. ¿Se trataba de eso? ¿Algún tipo de mensaje? Sin él saberlo, y de una forma u otra, había estado ligado a Sofía casi toda su vida. El flechazo que sintió por Sofía aquella noche en el ático de su hermano no había sido casualidad, y era evidente que el amor de ella hacia él era verdadero. Lo fue, al menos.

Se había comportado como un imbécil. No había tenido valor para tomar lo que ahora más añoraba. ¿Era ahora demasiado tarde? En el fondo seguía siendo aquel enano tímido que leía cómics en su toalla mientras su hermano mayor se llevaba a todas las chicas. El problema era que esta vez ninguna niña con patas de cigüeña iba a ir a buscarlo para ir a jugar al agua, y ya no estaba su hermano mayor para echarle una mano.

251

28

Llegó el siguiente viernes y ninguna nota apareció por debajo de la puerta. Era de esperar, él mismo me lo había dicho: estaría un mes sin dar señales de vida.

Esa tarde no salí. No pude evitar quedarme en casa sin hacer nada, mirando hacia el pasillo de vez en cuando por si resultaba que la última nota había sido una broma pesada.

En ese momento, nada me habría hecho más ilusión que ver la nota aparecer por debajo de la puerta.

¡Qué irónica era la vida! Semanas atrás no dejaba de mirar aterrada, esperando el primer movimiento extraño para llamar a la policía; deseando que ninguna carta apareciera aun sabiendo que era irremediable. Ahora era justo lo opuesto. Deseaba ver un papel deslizándose por el suelo, aun a sabiendas de que no sucedería.

El segundo viernes también pasó. Y el tercero, y el cuarto. Ese fue el mes más aburrido que recordaba en mucho tiempo. Enfermé de la tripa, y el médico me diagnosticó estrés laboral, pero yo sabía que se trataba simplemente de nervios. No solamente me había visto privada de los emocionantes encuentros de cada viernes, sino que el cosquilleo en el estómago se había vuelto contra mí.

Ni siquiera sabía lo que iba a decirle cuando regresara de su viaje. No sabía si abriría la puerta sin más, si continuaría con el juego, o si me inventaría el mío propio. No podía aguantar más.

Y entonces llegó el quinto viernes.

29

Óscar habría dado su paga extra por ver la cara de Daniel al conocer los detalles de su última cita con Almudena.

—Jolín, Óscar, tenías razón, lo reconozco. Haces las mejores hamburguesas de Madrid —había dicho Almudena apoyada en la barra mientras chupaba la salsa barbacoa que se le había quedado en los dedos.

—¿De todo Madrid? Yo diría que del universo conocido entero —bromeó él desde el otro lado de la barra.

—No seas presumido, que estabas quedando muy bien.

Almudena sonrió con los carrillos llenos de restos de hamburguesa. Más tarde reconocería que aquello era impropio de ella, desde quedar con un extraño que conoció un día en el tren, hasta cerrar una hamburguesería con el camarero. Media hora antes, Óscar había echado el cierre; las persianas estaban bajadas y la puerta cerrada con llave. Solo la barra estaba iluminada, el resto del local había quedado a oscuras. Estaban solos en el universo que se habían creado para ellos.

—Oye —dijo ella cuando se limpió las manos de grasa—, te lo tengo que decir.

Óscar frunció el ceño. ¿Le acababa de temblar la voz?

—Hace poco que nos conocemos, pero siento como si te conociera de toda la vida. Es evidente que hay química entre nosotros y... —Almudena tragó saliva— y m-me encantaría seguir conociéndote.

Óscar carraspeó, pero ella continuó hablando.

—Gracias por cuidarme tan bien. Eres un gran amigo.

Un sonido grave, como la bocina de un transatlántico, retumbó en la cabeza de Óscar. «¿Ha dicho amigo? —pensó—. Se acabó lo que se daba. Será mejor que la saque a patadas de aquí antes de que la cosa empeore.»

—Almu, si hay una cosa que aprecio en una persona es que sea directa.

Ella lo miró sin pestañear.

—Y ya que estamos siendo sinceros —prosiguió él—, creo que deberías saber que ir contigo en el metro cada mañana se ha convertido en mi mejor momento del día, aunque nunca te lo reconoceré, porque me lo impide mi orgullo.

Almudena arqueó las cejas y dejó de respirar.

—Otro secreto que tengo, y que espero que no te lo cuentes ni a ti misma, es que me muero por besarte.

Acto seguido, Óscar se deshizo del delantal con templanza, lo dejó sobre la máquina de hielos, rodeó la barra y se detuvo frente a ella, cuyo pecho latía fuertemente. Lo iba a hacer. Ella le acababa de declarar su amistad, pero él podía hacerlo y sabía cómo. Si había una cosa que Óscar hacía mejor que nadie (hamburguesas aparte) era lanzarse a piscinas sin agua. Acarició su melena y, sin apartar la mirada de sus ojos, la besó. La respiración entrecortada de ambos fue lo único que se escuchó durante los siguientes segundos en aquella humilde hamburguesería de Madrid, que esa noche fue el centro del universo.

Tendido en su cama, Óscar sonrió pensando en lo que opinaría Daniel de todo eso.

Se sentía muy solo desde que su amigo se había marchado, y aunque esas pequeñas confidencias le hacían sentir más cerca de él, lo echaba de menos.

«Ojalá estuvieras aquí, mamón», pensó mientras una lágrima saltaba de sus pestañas a la almohada.

Los viejos estores de madera dejaban pasar las primeras luces del alba. La niebla cubría el pueblo, y el viento abría claros a través de los cuales se podía distinguir a duras penas la muralla.

Daniel estiró el brazo para coger su reloj de la mesilla. Eran pasadas las seis y media de la mañana y no había pegado ojo en toda la noche. Había pasado las horas con la mirada perdida, dándole vueltas a muchas cosas. Había imaginado a Óscar, y agarrada a su brazo, Almudena (la imagen que él había dibujado de ella). Caminaban jugando con un algodón de azúcar mientras se partían de risa. Se alegraba por él, pero seguía sin entender por qué no lo había visitado en todos esos meses. Además de su increíble historia de amor, Óscar le había hablado de baloncesto en el email. La nueva temporada había empezado, y

Eric era el entrenador un año más. Según Óscar, el equipo no era lo mismo sin Daniel.

Aquello llevó a Daniel a pensar en la inevitable cita de hoy. Tenía por delante las horas más importantes de su vida. El día que acababa de comenzar iba a ser recordado por siempre. *El debut con el primer equipo*, dirían todos alrededor de la mesa de nochebuena dentro de muchos años. Por el momento no se le iba a pedir saltar a la cancha (no sin antes recuperarse del todo y entrenar con el primer equipo), pero solo el hecho de formar parte del equipo y de que su nombre apareciera al día siguiente en las tiras deportivas, ya era motivo suficiente para permanecer en vela.

Se puso el abrigo sobre el mismo pijama y salió de la habitación con sigilo para no despertar a Jorge. En el jardín, la humedad del amanecer se le clavó en la piel. Caminando en sus zapatillas de andar por casa, lo atravesó y se dirigió al pueblo.

Su inquietud era tan latente que casi podía verla salir de sus poros. Desde que vio a la Sofía niña marcar los mensajes en el banco, su remordimiento había crecido. Qué estúpido había sido por no recordar a su primer amor la noche del ático. Qué egoísta y cobarde por utilizar a Bea como excusa para evitar que la chica que más le había querido le mostrara el cariño que ahora tanto ansiaba y reclamaba. Fue ese remordimiento el que hizo que Daniel atravesara el pueblo buscando algo que ni siquiera entendía. El sol ya asomaba por encima de la muralla cuando emergió el acceso al patio de armas entre la niebla. Había llegado.

Una verja de metal ennegrecido le cerraba el paso. Decepcionado por no poder entrar, apoyó la cabeza entre dos barrotes y escudriñó el interior del patio como haría un presidiario en su primera noche en la trena. Esa mañana el patio de armas lucía diferente. La iglesia vigilaba en silencio, en medio de la neblina matinal, a la vez que los primeros rayos de sol acompañaban un silencio sobrecogedor.

De pronto, la verja cedió ante el peso de Daniel, y se abrió hacia dentro produciendo un chirrido incómodo. ¡Estaba abierta!

Nada más entrar, tuvo la absurda sensación de que ese lugar llevaba abandonado mucho tiempo. La hierba, siempre tan bien cuidada, se había convertido en maleza, y estaba empezando a ganar terreno entre las piedras que conformaban el suelo. Se disponía a avanzar hacia la pared oeste de la muralla cuando vio algo que le sobrecogió. El banco donde debían estar escritas los mensajes de

Sofía no estaba allí. Todos los bancos habían desaparecido del patio. Solo el monolito de piedra permanecía en su sitio. El viento agitaba con violencia las ramas de los árboles cuyas flores habían coloreado la parte interior del Castillo días atrás; no esa mañana, en la que las ramas se encontraban desnudas.

Daniel detuvo su mirada en la verja. Un escalofrío recorrió su cuerpo y dio un paso atrás. La puerta se hallaba abierta de par en par. Su ritmo cardiaco se aceleró abruptamente. Presa de un ataque de pánico, abandonó el espacio sin dejar de mirar hacia atrás a cada paso. Cuando cruzó el arco de entrada, corrió en dirección a casa, y ya no volvió la vista hasta que llegó. Cuando lo hizo, comprobó desde el jardín que una luz salía de la ventana del salón. Jorge había despertado.

Entró de puntillas y se dirigió al salón. Encontró a su padre en el centro del sofá, iluminado por la amarillenta luz que desprendía la lámpara de mesilla. Miraba hacia la pared sin pestañear, como en otra dimensión.

—¿Jorge?

Jorge se mantuvo en silencio.

Daniel entendió lo que estaba pasando cuando se fijó en la pared, y tuvo la sensación de haber retrocedido en el tiempo. En ella, un armatoste mecánico del que sobresalían una lente y varios discos estaba proyectando una serie de imágenes. El aparato era un proyector Súper 8, y estaba reproduciendo una película antigua. La calidad de las imágenes era pobre, de color sepia y en algunos tramos borrosas y arañadas. Además no contenía sonido, así que el ruido mecánico que producían los discos al girar era lo único que se escuchaba en el salón.

Daniel tuvo un mal presentimiento cuando reconoció a los protagonistas de la película. Tres individuos acaparaban la secuencia: una mujer de unos treinta acompañada de dos niños varones: uno recién nacido y el otro en edad de hacer la primera comunión. La mujer sostenía al bebé en sus brazos mientras hablaba a la cámara. Llevaba puesta la sonrisa a la que solo las madres recientes pueden aspirar.

Daniel reconoció la expresión de su madre al instante, y se preguntó qué estaría diciendo ella en aquel momento. La película era una antigua grabación casera realizada por su padre semanas después de su nacimiento. El otro niño tenía que ser su hermano Ricardo, que corría sin cesar de un lado a otro de...

«¡Nuestra antigua cocina!», exclamó internamente Daniel con un nudo en la garganta.

Nunca había visto esas imágenes, de cuando todavía eran una familia feliz y normal. Se percató de lo muchísimo que echaba de menos aquello que había estado a punto de olvidar para siempre.

Pero había algo extraño en las imágenes. Si bien la cara de su madre se veía nítida, era incapaz de distinguir ningún rasgo suyo ni de su hermano. Sus rostros estaban borrosos.

«Debe de ser un fallo de la imagen, la cinta es demasiado vieja», pensó.

Miró a su padre, cuya mirada seguía perdida en la reproducción. Sus ojos brillaban más azules que nunca, y una extraña sonrisa de alivio se dibujó en su cara.

La madre de Daniel se levantó de su asiento, dejó al bebé en su cuna y se acercó a la cámara. Daniel sintió un escalofrío cuando la cara de su madre ocupó la pared. Era como si aún siguiera viva y se estuviera dirigiendo a ellos en aquel oscuro salón. Les lanzó un beso con la mano y después alargó el brazo hacia la cámara con la palma de la mano abierta. Los estaba llamando. Daniel jamás había visto una expresión tan llena de paz como la de su madre. Deseaba ir con ella más que nada en el mundo, cuando de pronto... *¡PLOF!* El proyector emitió un ruido seco y la pared volvió a su color plano natural, devolviéndolos al presente.

Daniel suspiró. Su padre seguía sonriendo, pero una lágrima recorría ahora su huesudo pómulo y se perdió entre sus labios. Daniel se sentó a su lado.

—Papá, ¿puedo hacerte una pregunta?

Jorge volvió la cabeza, todavía en trance. Con la mano temblorosa, se secó los ojos y contestó.

—Por supuesto, hijo.

Daniel dudó un segundo antes de hablar. Le escocían los ojos.

—Cuando mamá murió, ¿de dónde sacaste las fuerzas para seguir adelante? Quiero decir, ¿cómo conseguiste no volverte loco?

Los ojos de Jorge se achinaron hasta parecer dos líneas negras. Después se levantó y se acercó a un viejo mueble en el otro extremo de la habitación. Era como si tuviera una fuga en alguna parte de su cuerpo por la que perdía energía. Abrió un cajón del mueble y extrajo un sobre. Con respiración irregular, regresó al sofá. Parecía haber envejecido quince años de un día para otro.

—¿Estás bien, papá? —preguntó Daniel.

—Toma, he aquí la respuesta a tu pregunta. —Jorge le tendió el sobre e ignoró su pregunta.

Daniel extrajo una carta desgastada del sobre y se quedó mirándola sin leerla. Estaba escrita a mano. No entendía nada.

Jorge se levantó y abandonó la estancia. Desde el quicio de la puerta del salón, dijo:

—Ahora procura descansar. Dentro de unas horas partiremos hacia Madrid. —Imprevisiblemente, soltó una siniestra carcajada—: Estás a punto de comenzar una nueva vida, hijo mío.

Una vez a solas, Daniel leyó la carta con atención. Nada más terminar, rompió a llorar.

30

Ese día me fue imposible pegar ojo. Al amanecer me había sentido como una imbécil por haber perdido horas de sueño por alguien a quien ni siquiera conocía. Había estado todo un mes echando de menos a un tipo cuyo rostro era del todo desconocido. Bien podía ser el hombre más deforme, sucio y arrugado del planeta, y aun así no podía quitármelo de la cabeza. No su imagen, sino la idea de su existencia, de su capacidad para influir en mis constantes vitales. Y eso solamente con cuatro frases ingeniosas y una caligrafía peculiar. ¿Qué no podría hacer en el cara a cara, tras la mesa de un bonito restaurante o, en fin, bajo las sábanas? Me moría por comprobarlo. Llevaba mucho tiempo deseando comprobarlo, en realidad.

Cuando el reloj marcó las siete de la tarde yo ya estaba plantada delante de la puerta con el cuerpo tenso. Como quien mira fijamente una cazuela llena de agua a punto de hervir, observé la desalmada madera sin pestañear.

Como la espera era irresistible, anduve de un lado para otro del pasillo sin saber qué hacer. Ya me empezaba a subir un dolor incómodo por el estómago cuando un papel atravesó la línea que delimitaba de una manera muy primitiva lo real de lo desconocido. Esa vez no fue una hoja de cuaderno lo que me esperaba sobre el parqué, ni siquiera se trataba de un folio normal. La recogí muy lentamente, como con miedo a estropear algo. Era una postal de Praga, posiblemente el sitio donde él había estado el último mes. Conteniendo la respiración, la abrí. Algo cayó a mis pies, una rosa seca y aplastada. Era preciosa. Y el detalle, encantador. La postal decía lo siguiente:

Qué ganas tenía de volver a ver a mi puerta favorita.

Sonreí nerviosa, y, sin detenerme a pensar en si era lo correcto, improvisé una respuesta. «A la mierda», me dije. Ya no había planes ni reglas. De hecho, era probable que el juego ya hubiera terminado. Me agaché y dejé que mi mensaje resbalara hacia el otro lado.

Eres tonto de remate. ¿Qué tal el viaje? No te lo creerás, pero te he echado de menos.

Acababa de elegir. El corazón me latía a un ritmo endiablado. Fuera lo que fuese lo que estaba haciendo, se trataba de la experiencia más emocionante de mi vida. Dispuesta a mantener la primera cita a ciegas de verdad —donde la expresión «a ciegas» por fin recibía un sentido estricto—, esperé la contestación. Toda la tensión acumulada durante este mes recorría ahora mis venas. Me moría por gritar, saltar y bailar por todo el piso. Pero no, debía mantener la compostura para dar buena imagen. Por fin, el papel de cuaderno viejo de siempre se deslizó con su correspondiente respuesta.

Angie, vale ya de fingir. Vale ya de

Casi me explotó el corazón. Cada parte de mi cuerpo me avisaba de que me encontraba en peligro. Aquello estaba mal, muy mal, pero no me encontraba en condiciones de decidir por mí misma. ¿Qué debía hacer? Alguien sensato habría dicho que justo lo contrario de lo que hice. Todavía atónita por las palabras de su último mensaje, acerqué la mano a la manilla y, por fin, abrí la puerta.

31

Cuando era un chaval, Daniel había leído sobre la presión y el fracaso en los viejos libros de sus padres: estaban directamente relacionados. Podían provocar en una persona parálisis temporal, e incluso traumas que, sin importar el tiempo transcurrido, uno siempre recordaría. Daniel comprendió el significado de aquellas palabras cuando se encontró en el vestuario, solo, esperando a que gritaran su nombre por megafonía.

Se pasó casi todo el viaje de vuelta a la capital mirando a través de la ventanilla del viejo automóvil de su padre. Le invadió un extraño pesar cuando observó por última vez, a través del retrovisor, la silueta que dibujaba la muralla de Buitrago. No era nostalgia, se trataba de algo más, algo que no sabía explicar. Pero estaba satisfecho. No solamente se había recuperado de su aparatosa lesión en un tiempo récord, sino que también había cerrado algunas cicatrices del pasado. Recordó la mañana que despertó en el hospital y le pareció una horrible pesadilla que hubiera tenido lugar hacía ya mucho tiempo. Ansiaba llegar y abrazar a sus amigos, volver a jugar al baloncesto, y por encima de todo, rectificar algunos errores del pasado. También sentía que una parte de su corazón se había quedado en Buitrago, era como si una etapa importante de su vida hubiera llegado a su fin, y eso le producía dolor.

Frunció el ceño al pensar de pronto en Steve. Durante los últimos días había llegado a forjar una curiosa amistad con ese inglés especialista en *focaccias* y parmesano, hasta el punto de pasarse tardes enteras en el restaurante. Una vez, hasta le había dejado probar el horno de las pizzas. A veces, solo por desahogarse, Daniel le hablaba de los problemas que tenía con su padre, con Ricardo, y con algunos amigos y amigas. Se sentía a gusto allí.

Antes de partir, Daniel se había acercado al Danilo para despedirse de su amigo. A unos metros de la puerta del restaurante, Daniel notó que algo extraño sucedía. La estrecha callejuela que daba acceso al local estaba oscura y fría, demasiado para ser mediodía, y un matiz sucio y carbonizado cubría la piedra de la fachada delantera. La puerta estaba atrancada. Daniel la forzó sin éxito, incluso se asomó por las mohosas ventanas. Fue inútil. El Danilo no solamente estaba cerrado, sino que parecía llevar años en ese estado. Se trataba de un local absolutamente abandonado. ¿Cómo era posible? Dos días antes había estado allí y, si bien nunca fue el sitio más pulcro del planeta, estaba abierto y presentable. Y su propietario se encontraba dentro. ¿Dónde se habría metido Steve ahora?

A Daniel le vino entonces a la mente el reloj de pared que no tenía agujas y aun así funcionaba. También la flor de Loto y el hecho de que ningún cliente se hubiera acercado al local encontrándose él presente. ¿Qué estaba ocurriendo en ese lugar?

Apenado por no haber podido despedirse pero deseoso de alejarse de allí, retrocedió sin apartar la vista de la entrada principal, cuando de pronto chocó con algo. No. Chocó con *alguien*.

—¡Papá! ¿Qué haces aquí? Me has dado un susto de muerte.

Jorge dibujó con sus labios una fina línea que quería ser una sonrisa, pero que a Daniel le pareció tétrica. A cada día que pasaba, su padre envejecía varios años. La piel de sus mejillas estaba tirante, perfilando los pómulos con unas extrañas sombras. Su pálido tono de piel se había tornado en un color amarillento.

—Venía a buscarte, sabía que te encontraría aquí. —Eso era raro, porque Daniel nunca le había hablado a su padre Steve y el restaurante; era algo que prefería mantener en secreto—. Deberíamos partir cuanto antes.

Jorge finalizó su frase con un fuerte ataque de tos.

—Papá, ¿te encuentras bien?

Daniel sujetó a su padre temeroso de que perdiera el conocimiento.

—Perfectamente —respondió Jorge una vez recuperado el aliento—. Mejor que nunca, diría. Venga, vámonos o llegaremos tarde a Madrid.

—¿Puedes conducir?

—Qué preguntas me haces.

Padre e hijo desaparecieron entre las sombras del frío callejón, pero antes, Daniel dedicó una última y fugaz mirada a la puerta del Danilo.

Cuando Daniel vio el pabellón a través de la ventanilla, se quedó sin respiración. Desde el exterior, el pabellón no era más que un simple tetraedro gris ubicado en una plaza donde se unían diferentes callejuelas de un barrio residencial, pero, en ese momento, a Daniel le imponía más que el Taj Majal.

Todo en el ambiente estaba en calma menos el corazón de Daniel. Al verse allí, se dio cuenta de que estaba ante el momento más importante de su vida. Durante los últimos meses había estado tan ocupado recuperándose de la lesión que no se había parado a pensar de qué forma iba a afrontar el reto que se alzaba ante él.

El plan era sencillo: Jorge lo llevaría en coche al pabellón. Allí aparcarían y Daniel entraría a solas en el despacho del presidente para firmar su nuevo contrato como miembro del primer equipo. Después sería presentado a su entrenador y sus nuevos compañeros, quienes saldrían a la cancha de juego para calentar antes del partido. Mientras tanto, Daniel esperaría en el vestuario a que el chico de megafonía anunciara su nombre para que pudiera ser presentado antes del partido. De esa forma nadie se lo perdería.

Dicho y hecho. Tras los protocolarios saludos, firmas y presentaciones, que a Daniel le parecieron como parte de un borroso aunque hermoso sueño, llegó el momento de la verdad.

Esa tarde, el vestuario parecía la sala de un hospital psiquiátrico. Cuando estaba a una sola dentada de hacerse sangre en las uñas, dijo *basta* y abrió su taquilla. Dentro estaba su nuevo equipaje. Emocionado como un niño que abre su regalo de cumpleaños, cogió la camiseta con delicadeza y la observó durante un rato. En la parte posterior habían serigrafiado su nombre, y justo debajo, el número diez. Era el número que le había representado desde niño. Daniel luchaba por contener la emoción cuando algo llamó su atención en el interior de la taquilla. Ahí dentro había algo más que su equipaje. Del fondo de la taquilla colgaba una chaqueta. Al tirar de la percha, Daniel sacó un elegante traje negro. Frunció el ceño sin entender nada —ya eran varias las ocasiones en las que había tenido esa sensación en los últimos días—, hasta que vio que un papel sobresalía de uno de los bolsillos del traje. Leyó lo que ponía.

Al concluir el partido, ponte este traje y sal del pabellón. Una limusina negra te estará esperando.

Disfruta de la fiesta.

Tu padre

Daniel no entendía nada. ¿A qué fiesta se refería su padre? ¿Por qué no le había dicho nada hasta ahora? No es que a Daniel no le ilusionara que su padre le hubiera preparado algo por sorpresa, pero aquel misterio le parecía inapropiado, teniendo en cuenta lo nervioso que ya se encontraba de por sí. Lo último que le convenía era estar pendiente de no sé qué limusina negra.

Un clamor proveniente del exterior le devolvió a la realidad. El suelo y las paredes temblaron. Daniel comprendió lo que estaba sucediendo: el partido estaba a punto de empezar y había llegado el turno de la presentación de los equipos por megafonía. Era el momento en que la banda de música tocaba y los aficionados batían palmas. Según lo que le habían dicho unos minutos antes, Daniel sería presentado en solitario, delante de toda la afición justo después de que terminara de tocar la banda. Hasta entonces, debía permanecer en el vestuario.

«Ha llegado tu momento», se dijo.

Guardó el traje en la taquilla y se puso el uniforme del equipo. El *speaker* estaba presentando a los jugadores del equipo rival —los aplausos del público se habían convertido en silbidos—, por lo que Daniel se tomó unos segundos para observarse en el espejo con su nueva indumentaria. Aún no se lo podía creer. Todo había pasado tan rápido y a la vez de forma tan rutinaria. Una voz interna no dejaba de repetirle la misma palabra una y otra vez: *disfruta*.

Una palabra que el miedo le permitía oír, pero no escuchar. ¿Cómo iba a disfrutar si apenas podía mantenerse en pie? Se acercó a la puerta y la entreabrió para escuchar mejor lo que ocurría fuera.

—¡Y ahora, damas y caballeros, quiero presentarles al nuevo jugador del equipo! —exclamó el *speaker*.

Solo quedaban unos segundos. Miró a su

alrededor y respiró profundamente. Le pareció que el vestuario se oscurecía y se empequeñecía hasta aplastarlo.

«¡CON TODOS USTEDES, DANIEL SANTOS!»

Daniel salió al túnel ansioso por escapar de la jaula. Dio una bocanada de aire que derivó en un ataque de tos. Le faltaba el oxígeno. Al mirarse las palmas de las manos con las que se había tapado la boca, le invadió el miedo: estaban salpicadas de sangre. Encorvado hacia delante por los espasmos, avanzó lentamente a través del túnel que daba acceso a la cancha. Con cada ataque de tos sentía que no sería capaz de soportar el siguiente. Motivado por alcanzar el foco de luz que le esperaba al final, arrastró los pies como si soportara un peso de cincuenta kilos en cada uno.

«Ahora no... —era lo único que acertaba a pensar—. Me están esperando...»

Dejó de sentir la punta de sus dedos. El murmullo del público se oía cada vez más lejos y la luz del fondo se emborronó. Esta incomprensible pérdida de los sentidos sólo duró unos instantes, ya que una voraz descarga eléctrica, mucho más fuerte que las sufridas días atrás, recorrió su tronco desde la cabeza hasta los dedos de los pies, agitando su cuerpo con violencia. No pudo más que emitir un seco alarido cuando, fruto del dolor, chocó fuertemente contra la pared y cayó al suelo.

«¡DANIEL SANTOS! —volvió a escucharse por megafonía—. ¿ESTÁS AHÍ?»

32

Dicen que la vida no se mide por inhalaciones, sino por los momentos que dejan sin respiración.

Al despertar se sintió en paz. Hacía mucho que no le ocurría. Miró por la ventanilla del metro y vio que ya era de día. No le sonaba el paisaje, se había pasado de estación. Se apeó en la siguiente parada y vio que no se encontraba lejos de casa. La luz del sol lo cegó al salir del vagón. Se miró en el reflejo de una marquesina de publicidad: llevaba puesto un traje negro, de esos que lucen antes de una fiesta pero que delatan al rumboso cuando éste se saca la camisa por fuera del pantalón, como era el caso. Algo había cambiado. No, *todo* había cambiado.

Su mundo, su existencia, eran completamente diferentes. Daniel acababa de experimentar el mayor momento sin aire de su vida.

—Algo no va bien, esto no me gusta —le había dicho Óscar a Kike unas horas antes en el graderío del pabellón.

El cubano se quitó el sombrero para abanicarse y así de paso dejar de morderse las uñas.

—Esto es muy raro, tío. Ya debería haber salido.

Giró la cabeza y buscó a Eric con la mirada, tres filas más atrás. El entrenador le devolvió el gesto encogiéndose de hombros. Nadie comprendía por qué Daniel no hacía acto de presencia. Había algo que no estaba saliendo según lo previsto, y eso eran malas noticias.

De pronto, un clamor. Todos los que se encontraban a su espalda, incluido Eric, arquearon las cejas y sonrieron aliviados mientras daban palmas.

—¡Ya sale! —exclamó Óscar, y le golpeó en el brazo.

A Kike casi se le saltaron las lágrimas

cuando vio a su mejor amigo aparecer por la boca del túnel.

Para deleite del público, Daniel corrió hacia la canasta con un balón en las manos y realizó un bonito lanzamiento. Después se dirigió al centro de la cancha y levantó los brazos para devolver el saludo a la gente. El partido debía empezar en dos minutos, por lo que un empleado del club se apresuró a entregarle un micrófono. Daniel se lo acercó a la boca y habló:

—Buenas tardes a todos. Seré breve.

Daniel tuvo que interrumpir su discurso debido a una nueva ovación. Aprovechó para echar un rápido vistazo a la grada y algo resurgió en su interior cuando vio a sus dos mejores amigos apoyándolo como antaño. También le agradó ver a Eric. No vio a su hermano ni a Sofía. Tampoco a su padre. Cuando el clamor cesó, continuó hablando.

«¿Qué se suele decir en estos casos?», pensó.

—He luchado mucho para no decepcionaros. Estar hoy aquí es un sueño hecho realidad, pero es solo el principio. Quiero triunfar en este equipo. Gracias por venir en este día tan especial. ¡Disfruten del partido!

De nuevo, el público explotó en aplausos.

Daniel devolvió el micrófono y se dirigió a su banquillo, donde su nuevo entrenador, un gordinflón con cara de cajero de supermercado, y sus nuevos compañeros le dieron la bienvenida.

El partido comenzó, y Daniel se alegró desde el banquillo de haber pasado por fin a un segundo plano. Cuando nadie le prestaba atención, se palpó la cara y después el pecho. Todo parecía en orden. Después se analizó las palmas de las manos: limpias, sin rastro de sangre. ¿Qué acababa de suceder? Minutos antes había sentido que su vida se consumía, y ahora se notaba mejor que nunca. Intentando olvidar el misterio, se centró en el partido, dispuesto a disfrutar del que sería el mejor día de lo que llevaba de vida.

En cuanto el árbitro pitó el término del encuentro, Daniel enfiló el túnel de vestuarios junto a sus nuevos compañeros. En medio de un ambiente de euforia colectiva por la victoria, Daniel ya no sentía la presión ni la ansiedad de hacía unas horas. Solo debía preocuparse de integrarse lo mejor posible en el grupo.

En la taquilla le esperaba el misterioso traje negro. No se había acordado de él en todo el partido, y ahora la duda volvía a su mente. ¿Qué haría? ¿Iba a seguir el juego de su padre o buscaría a sus amigos para celebrar su regreso, que era lo que le apetecía? Se moría de ganas de relajarse tras la sucia barra de un bar con sus amigos de siempre. Mientras acariciaba la manga del traje, Daniel se debatía entre la curiosidad de un sorpresivo juego y la tranquilidad de lo conocido. Poco convencido, descolgó el traje y se lo puso.

—¡Vaya con el novato! —se burló el capitán del equipo—. ¿Adónde vas? ¿Acaso te crees que has fichado por los Lakers?

Inmediatamente todo el vestuario se echó a reír. Daniel se relajó cuando los chicos le dedicaron divertidas sonrisas y guiños de complicidad.

—Voy a una fiesta —respondió con timidez—, pero no me preguntéis dónde es, porque ni siquiera yo lo sé.

—Oye, que si no quieres invitarnos no pasa nada —bromeó el compañero que tenía a su lado—. Es normal que nos guardes rencor, no te hemos dejado jugar ni un solo minuto.

El vestuario explotó en carcajadas. El que había hablado le tendió la mano y Daniel se la devolvió; estaba en una nube. Ese día, y todavía sin saber muy bien cómo, Daniel estaba cumpliendo su sueño.

—Chicos, tengo que irme, me están esperando. Os veo el lunes en el entrenamiento.

Daniel se despidió y salió del pabellón todavía flotando.

Fuera ya era de noche. Algunos seguidores charlaban amistosamente cuando Daniel pasó por su lado, y solo unos pocos se giraron para mirarlo. Nunca supo si lo hacían por tratarse de la nueva incorporación de la plantilla o por el elegante atuendo que llevaba puesto. Se encontraba desorientado, no sabía adónde ir. Sus amigos no estaban por ninguna parte para llevárselo de bares, y tampoco vio la limusina que le había prometido su padre en la nota. Esperó unos minutos hasta que, a lo lejos, un brillante Lexus bordeó la rotonda y se detuvo frente al pabellón. Al entender Daniel que la nota de su padre no había sido una broma, experimentó un escalofrío en su espalda. Tragó saliva cuando descendió la ventanilla del lado del chófer. Casi se desmaya cuando reconoció al hombre que iba al volante.

—*¡Quillo! Adelante, ¡sube al carro! Voy a llevarte a una fiesta mu especiá.*

—¡Manu! ¿Qué haces aquí? —De todas las personas que se podía imaginar conduciendo un coche de lujo como aquel, su fisioterapeuta ocupaba el último lugar—. ¿Has visto el partido?

El andaluz rio con deje campechano. Se quitó el sombrero de chófer, como para dejar claro que era él, y lo arrojo al asiento trasero.

—*Lo escuché por la radio. Venga, sube, que ya vamo tarde. Hablaremo durante el camino.*

Daniel obedeció a su antiguo torturador. Rodeó el vehículo por delante y ocupó el asiento del copiloto. El interior de la limusina era oscuro y olía bien.

—¿Y adónde me llevas?

—*Ahora lo verá con tus propios ojos* —respondió Manu mientras ponía la primera marcha.

Durante el trayecto, Daniel lo observó todo a través de la ventanilla. Las luces artificiales que lustraban las fachadas le indicaban que estaban atravesando la Gran Vía, y por lo tanto se encontraban en el centro de Madrid. Durante la noche, esa zona de la capital se convertía en una improvisada fiesta al aire libre, en la que la gente iba y venía entre restaurantes, teatros, tiendas y bares. A pesar de la larga temporada que Daniel había estado ausente, nada había cambiado, y eso le hacía sentir bien. Después giraron a la izquierda para encarar el Paseo de la Castellana. Al cabo de unos minutos, Manu frenó y y se dirigió a él:

—*Ya hemo llegao.*

Daniel resopló al reconocer el sitio. Había estado allí antes. Manu había detenido la limusina junto al enorme edificio de oficinas en cuya cima se erigía el local de su hermano.

—Así que aquí es donde me quería traer mi padre —dijo más para sí mismo que para su fisioterapeuta—. No vas a soltar prenda sobre lo que me espera ahí arriba, ¿verdad?

Manu negó con la cabeza.

—*Que te divierta, amigo, ha sío un placer ser tu fisio.*

—¿No vas a entrar conmigo?

Daniel no quería despedirse tan pronto del andaluz, y mucho menos entrar solo en aquel sitio.

—*¡No señó! Ya he hecho mi trabajo, ahora me voy.*

Daniel se apeó del vehículo.

—¡Cuídate! —se despidió ya desde la acera.

—*Por cierto, Dani.* —Éste se detuvo antes de cerrar la puerta de la limusina—: *¡Está hecho todo un gentelmán con ese traje!*

Daniel rompió a reír.

—Mejora tu acento, socio.

El vehículo conducido por Manu desapareció entre la noche y Daniel entró en el edificio. Una vez arriba, recorrió con la mirada la pista de baile, y entonces se percató que todos lo estaban mirando.

El local estaba tal y como lo recordaba en el día de la inauguración, solo que la música sonaba a un volumen más bajo y había menos clientes custodiando las barras.

—Me alegro de verte, chico —le dijo un camarero al pasar por su lado con una bandeja de copas de vino blanco. Le tendió una.

—Bienvenido, Daniel. —Ahora era una rubia con dudoso gusto estético quien le sonreía.

—*¡Un copazo para este muchacho!* —gritó un borrachín desde la barra, levantando su vaso.

—Hay que ver cómo has cambiado —comentó a su lado una señora que, aun teniendo edad para ser su madre, lo miraba con terrorífico deseo.

—¡Cuéntanoslo todo, Daniel! —exclamó un desconocido desde el fondo de la sala.

A Daniel le sonaban todas esas caras, pero no reconocía a ninguna de ellas. Se sentía como un mono de feria, y esperaba que en algún momento apareciera un niño echándole cacahuetes.

Dos caras conocidas se abrieron paso por fin entre la multitud y se abrazaron a su cuello.

—¿Será posible que estás llorando?

Óscar se enjugó los mocos y negó con la cabeza. Tenía los ojos rojos.

—Es alergia —aseguró.

Daniel y Kike explotaron en carcajadas y los tres se abrazaron de nuevo. De repente era como si estuvieran en otra dimensión.

—Tienes un aspecto estupendo, *papito* —dijo el cubano mientras lo miraba de arriba abajo.

Óscar asintió con la cabeza.

—Estás incluso mejor que antes.

—Tampoco era muy difícil —añadió Kike, y los tres rieron.

—Me alegro de veros, chicos —Daniel apoyó las manos sobre los hombros de sus amigos—. Os he echado de menos.

Entonces, en un ataque de sinceridad fruto de la emoción del momento, admitió que se moría de ganas de ver a su hermano y, por qué no, darle la enhorabuena por el fantástico local.

En cuanto a sus dos amigos, todavía tenía

que resolver asuntos pendientes con ellos. Ninguno le había visitado durante su retiro en el pueblo, más aún conociendo su paupérrimo estado de ánimo. Desechó la idea, ya habría tiempo para reproches. Ahora era momento para disfrutar y emborracharse sin pensar en nada más.

—¡Fiesta! —Óscar se hizo un hueco en la barra. Desde allí les habló.

«¿Qué teméis perder?», entendió Daniel por encima de la música. Kike creyó escuchar algo parecido a «¿qué tenéis, bedel?» Los dos amigos se miraron con el ceño fruncido. Se acercaron a la barra.

—Digo —repitió Óscar con un severo ataque de impaciencia—, ¡que qué queréis beber!

Empezó a sonar Lady Gaga, y en lugar de responder, Kike y Daniel improvisaron una ridícula coreografía que pronto fue copiada por los más pasados de la noche.

Óscar puso los ojos en blanco.

—Muy bien, *Backstreet Boys* de pacotilla. Os pediré lo que yo quiera.

Daniel dejó de bailar de repente. Había visto a Ricardo abriéndose paso entre la multitud. Daniel se abalanzó sobre él y lo abrazó. Lloró como un niño en brazos de su hermano mayor. Cuando recobró la compostura, empezaron una larga conversación acerca de nada que tuviera importancia. Pero todo la tenía, en realidad.

Óscar y Kike observaban la escena desde la barra.

—Si no lo veo, no lo creo —dijo Óscar—. No sé qué le habrán hecho en ese pueblo, pero es otro.

—Me alegro mucho por él. —Kike dio un trago y automáticamente comenzó toser—. ¿Se puede saber qué *conchas* me has pedido?

—Un *gintonic,* nada más.

—Pues no noto la tónica, macho.

—Nos vendrá bien, esto está un poco soso. Vayamos a divertirnos por ahí, creo que Dani esta noche va a estar ocupado.

Óscar enfiló el camino que llevaba a la pista de baile seguido a trompicones por Kike, que protestaba entre dientes:

—Nos vendrá bien, dice. Maldito loco.

La puesta al día entre Daniel y Ricardo duró poco. Un incómodo silencio había surgido entre ellos como un velo transparente que les impedía seguir conversando. Ricardo era consciente de aquello que su hermanito estaba esperando. Como si el hecho de compartir la misma sangre permitiera acceder a la mente del otro telepáticamente, Ricardo lo miró y señaló hacia un punto en la esquina del fondo: la escalera de caracol.

—Que tengas suerte, hermanito. Hoy te toca a ti ir a su *toalla*. —Le guiñó un ojo.

Daniel tragó saliva y asintió. Subió por la escalera y, a pesar de pasar por su lado, no vio a su padre agazapado entre las sombras. Jorge, que lo observaba todo con meticulosa atención, comprendió lo que iba a suceder.

Esa noche la terraza estaba cerrada al público. Los farolillos estaban apagados y la barra, vacía. Las sillas y banquetas estaban colocadas sobre las mesas, y era evidente que acababan de fregar el suelo con lejía. La música de abajo llegaba amortiguada, pero aun así se reconocía a los Wallflowers.

Apoyada en la barandilla, Sofía observaba el paisaje con la mirada perdida. A esa altitud, el viento que le mordía la cara en aquella fría noche jugaba también con su melena de manera traviesa. Daniel se preguntó si sería casualidad que ella se encontrase en el mismo punto de la terraza que aquella vez.

«Es como si hubiera transcurrido toda una eternidad desde entonces», pensó, fascinado por la relatividad del tiempo.

Las piernas le flaquearon. La sola idea de acercarse a saludar hacía que se le secara la garganta. ¿Qué iba a decirle? ¿Por dónde empezar? Al final apretó puños y dientes y movió los pies hasta situarse junto a ella.

—Hola, Sofía.

—Hola. —Ella ni siquiera se volvió. Solo resopló, expulsando una buena cantidad de vaho por la boca.

—¿Qué tal estás? No has cambiado nada desde la última vez.

Ahora sí se giró, y lo miró a los ojos forzando una semisonrisa. ¿Estaba conteniendo el llanto? Del piso de abajo llegaron los primeros acordes de guitarra de *The sound of silence*.

—Bien. ¿Qué tal tu rodilla? Hace mucho tiempo que no sé de ti.

Sofía acompañó la frase acariciando la muñeca de Daniel por encima de la chaqueta. El comentario le provocó el mismo efecto que un puñetazo en las pelotas.

—Pues sí. En concreto cuatro meses y diecisiete días —contestó—. La rodilla mucho mejor, gracias.

Apartó la mano de ella con brusquedad. Sofía retrocedió un paso y lo miró estupefacta.

—¿Perdona? ¿A qué viene esto?

A pesar de su deje orgulloso, una lágrima recorrió su pómulo y se deshizo en el labio superior.

—Viene a que no te haces una idea de lo que he sufrido durante todo este tiempo. Aislado, solo. Sin saber si volvería a correr algún día. ¿Te puedes imaginar, aunque sólo sea por un instante, lo desgraciado que me sentía al ver que pasaban las semanas y comprobaba que nadie se interesaba por mí? Así que puedes ahorrarte el *hace mucho que no sé de ti*.

Daniel sintió miedo de sí mismo. Había subido con la intención de olvidar rencores y recuperar el tiempo perdido con Sofía, pero la herida aún no había cicatrizado, y Sofía había hurgado en ella sin saberlo.

—¿Cómo puedes ser tan egoísta? —contestó ella con un hilo de voz—. ¿Sabes lo mal que lo pasé cuando me enteré de que habías caído en coma? Mi vida literalmente se paró durante semanas porque ir a visitarte al hospital era lo más importante en ese momento. —Gimoteó—. Ahora sé que perdí el tiempo.

Daniel se mantuvo en silencio. No esperaba tal confesión.

—En ese caso, ¿por qué no fuiste a visitarme al pueblo? No está lejos de aquí.

—¿De verdad no lo sabes? —respondió ella, aguantando su mirada.

Él negó con la cabeza.

—Mira, Daniel, a pesar de empeñarme en tener tu imagen grabada en el cerebro de una manera incomprensible para mí, la realidad era que tú y yo sólo habíamos mantenido un par de conversaciones en las que *nunca* pasó nada entre nosotros. Después tuviste el accidente y, aunque se suponía que tenías pareja y que yo no era quién para hacerlo, algo dentro de mí me empujaba a velar por ti. Tu *muerte* cambió mi mundo. Me convirtió en una persona gris. Y de repente, un buen día despiertas contra todo pronóstico y, como por arte de magia, desapareces. Ni siquiera tuve tiempo para darte un abrazo. Me enteré por Eva, la enfermera, que te habías ido a las montañas a vivir. ¡Por la enfermera! ¿Puedes imaginar cómo de humillada y de estúpida me sentí ese día? —Sofía apuntó a Daniel con el dedo. Las lágrimas ya corrían por sus mejillas—. Así que si no he ido a verte en todo este tiempo, idiota, no fue porque no te quisiera —gritó—, ¡sino porque te quería demasiado como para encontrarle alguna lógica a todo esto!

Se cubrió la cara con las manos y echó a andar hacia la escalera. Daniel pensó algo coherente que decir mientras observaba cómo se marchaba.

—¡Sofía! —gritó.

Ella se detuvo y se volvió. Sus ojos brillaban. Daniel se acercó hasta que pudo sentir el cálido aliento de Sofía en contraste con el frío del ambiente. Buscó en su interior las palabras adecuadas para aquel decisivo momento. No encontró más que incontables pizcas de cariño acumuladas durante las últimas semanas. No había alternativa, era el momento de la verdad. Entonces supo que la rehabilitación no solo le había preparado para volver a jugar. Se trataba de algo más profundo. Alargó el brazo y le acarició el pómulo, pasando después al cuello por detrás de la oreja. Ella cerró los ojos y entreabrió la boca. Sin dejar de llorar, disfrutó de su cálido tacto. Y entonces ocurrió. Los labios de Daniel se aproximaron a los de ella, que suspiraron antes de fundirse en uno solo. Cuando terminaron de besarse al ritmo del *sonido del silencio*, Sofía rodeó a Daniel por el cuello y lo abrazó. Daniel sintió su calor.

Algunas horas después, cuando los primeros rayos de sol despuntaban entre los edificios, Daniel y Sofía dieron por concluida la velada. Prometieron verse ese misma tarde y se despidieron con un beso antes de tomar cada uno su propio camino entre los camiones que limpiaban las calzadas y los comerciantes más madrugadores.

Despertó en un asiento del metro. Llevaba el perfume de ella impregnado en la ropa y aún notaba el regusto de sus labios en los suyos propios. Con una sonrisa permanente dibujada en la cara, cerró los ojos y dejó que terminara la mejor noche de su vida. Si los milagros existen, aquella noche Sofía fue el de Daniel.

Daniel abandonó la estación de metro con la intención de ir a la casa de su padre —había decidido que viviría allí hasta que encontrara un nuevo piso de alquiler, si a su padre le parecía bien—. La luz de la mañana lo ofendía. Estaba agotado, solo acertaba a pensar en llegar a casa y descansar; el día siguiente sería el primero de su nueva vida. Dobló la esquina y vio algo que no esperaba:

Jorge, a quien no había visto desde la mañana anterior, de pie, en la acera contraria. La inesperada visión, unida al raquítico aspecto que ofrecía su padre, lo estremeció.

—¡Papá! ¿Qué haces aquí? —gritó—. ¿Q- qué está pasando?

—Nada hijo. No pasa nada. Lo has hecho muy bien. —Jorge habló con la calma de un ángel.

Daniel se llevó la mano a la sien, de repente sentía una punzada en la cabeza. Dio un paso hacia su padre.

—¿Qué me está ocurriendo? —A Daniel le vinieron a la memoria los ataques que había sufrido días atrás, el último de ellos en el mismo estadio, cuando pensó que iba a morir —. Algo me dice que tú lo sabes.

Jorge sonrió con la boca, aunque el resto de su rostro se mantuvo impasible.

—Ha sido un placer pasar este tiempo contigo, pero ha llegado el momento —dijo, escogiendo cada palabra con infinita delicadeza—. Nos veremos en el otro lado, hijo.

Daniel no tuvo tiempo para responder. A su derecha, un potente bocinazo que no llegó a asimilar, y, tras él, un autobús que se lo llevó por delante. Después, la más inmensa oscuridad.

33

No podía dejar de mirarme en el espejo con el vestido blanco. Primero de un perfil, luego del otro, y así varias veces. Cuanto más me miraba, más crecía mi sonrisa. No me reconocía con el peinado que me acababan de hacer en la peluquería, parecía una de esas modelos de las revistas.

Alguien llamó a la puerta con los nudillos y me sobresalté. Dos únicos toques. *Toc, toc*. Mi corazón viajó de inmediato a ese primer viernes que tanto me aterrorizó, y que ahora... no sé, simplemente no alcanzo a recordar cómo era mi vida antes de ese viernes.

Acudí a la llamada con cuidado de no arrastrar la cola del vestido. Había un papel tirado en el suelo del recibidor. No había duda: era él.

> *¡Buenos días, Angie! ¿Qué tal en la peluquería? No te mires más al espejo, anda, que vas a llegar tarde a nuestra cita. Además, seguro que estás radiante.*
>
> *Dentro de cinco segundos no estaré tras tu puerta. En lugar de eso voy a esperarte en el altar.*

Me llevé la nota al pecho y apreté con fuerza. Únicamente concedí una lágrima. Me la enjugué y regresé al dormitorio para ultimar mi puesta a punto. No podía ser más feliz.

34

Kike circulaba por las calles de Madrid como en las películas de acción cuyos DVD coleccionaba. A esa velocidad era difícil mantener el control. Acababa de esquivar a una señora con las bolsas de la compra y había estado a punto de probar el sabor del asfalto mojado cuando, en un cruce, se había saltado un semáforo en rojo. Se le pasó por la cabeza que, quizá, había casos en los que los ciclistas debían poder circular con luces estroboscópicas, como la policía o el cuerpo de bomberos. Lo pensaba porque aquella era una de esas situaciones.

¿Por qué había llamado Ricardo con tanta urgencia? Mejor no pensarlo y centrarse en la carretera. Lo gracioso era que, si en ese momento resultara atropellado, llegaría al hospital mucho antes.

Le pareció que los músculos de sus piernas estaban hechos de gelatina cuando se apeó de la bicicleta y la encadenó a un poste. Se alegraba de haber llegado de una sola pieza. Entró en el vestíbulo con la decisión de que su próxima paga la invertiría en una motocicleta.

—Disculpe, me han llamado por una urgencia referente a Daniel Santos —le dijo a la recepcionista una vez recobrado el aliento.

—Un momento, por favor.

La señora tras el mostrador tenía capilares rojos en torno a los orificios de la nariz y no parecía gastar en tinte para el pelo.

—Perdone, pero es bastante urgente. Se trata de mi mejor amigo —insistió el cubano.

—Ya, ya. Aquí son comunes las visitas de mejores amigos y familiares... Esto no es el zoo, precisamente. —La recepcionista de pelo de ceniza no desvió la mirada de su pantalla.

Desde que era un crío, Kike nunca se había visto involucrado en peleas, ni siquiera para defenderse. Daniel y Óscar siempre le acusaban de no tener pelotas, pero él estaba muy orgulloso de mantener el contador a cero. Pero después de recibir una llamada telefónica de emergencia, salir de casa sin ducharse y atravesar la ciudad en bicicleta esquivando a la muerte, Kike no se encontraba de ánimo para ser toreado por una recepcionista desmotivada.

—Escuche, pendeja. —Dio una fuerte palmada en el mostrador y la mujer alzó la mirada—. ¿Es porque soy negro?

Los más próximos volvieron la cabeza, y la mujer se sonrojó. Ya no se le notaban tanto los capilares.

—N-no es porque sea usted negro —susurró avergonzada. Después se inventó una sonrisa que tenía la intención de arreglar el desaguisado.

—¿Es, es eso una sonrisa? ¿Se está usted quedando conmigo, maldita racista de...?

—¡No, no! —La mujer se llevó las manos delante de la cara a modo de protección.

—Mire, vengo corriendo desde la otra punta de la ciudad y no sé qué cojones le ha pasado a mi amigo. No estoy de humor para jueguecitos, de modo que, ¡dígame qué conchas le pasa a Daniel Santos!

Le temblaban las manos. ¿Llamarían a los de seguridad? Era lo último que le faltaba.

—Está en su habitación, número doscientos cincuenta y tres. Allí podrá hablar con el médico —susurró la recepcionista, que había palidecido y ahora su nariz parecía a punto de explotar—. S-segundo piso.

Kike acababa de ganar su primera pelea. Asintió con superioridad, le dio las gracias y corrió a las escaleras sin darse cuenta de que se había convertido en la gran atracción del vestíbulo.

Encontró el pasillo concurrido. Doctores, enfermeros y visitantes iban y venían sin reparar en él. Al final del pasillo reconoció algo que le congeló la sangre. Ricardo estaba apoyado en la pared con los brazos extendidos, como si quisiera sujetarla o empujarla. Kike anduvo esos metros que los separaban casi levitando. Si la noticia era mala, no iba a poder responder de su reacción.

—Ricardo, ¿q-qué ha pasado?

Su padre siempre le decía: «nunca preguntes lo que no quieras saber.» Odiaba desobedecerlo.

Ricardo lo miró con los ojos rojos. Parecía querer hablar, pero no fue capaz más que de simples balbuceos. Entonces lo abrazó, y Kike le devolvió el abrazo. «Son malas noticias. Se acabó», pensó.

Una de las enfermeras salió en silencio de la habitación.

—¿Familiares de Daniel Santos?

Kike y Ricardo se giraron enjugándose las lágrimas.

—Pueden pasar.

LOS RAYOS de sol de la mañana inundaban la habitación, en cuyo extremo estaba la cama. Tendido sobre ella, Daniel los vio llegar. Ricardo fue el primero en abalanzarse contra él.

—¡Estás despierto! —gimió, frotando el rostro contra el pecho de su hermanito—. Es un milagro.

A Kike, que lo observa todo a un metro de distancia, le flaqueaban las piernas.

—Tengan cuidado, es mejor que no lo toquen —advirtió la enfermera desde el quicio de la puerta—. Continúa débil. Les dejaré a solas con él con la condición de que se controlarán.

Ricardo y Kike aceptaron y la joven abandonó la sala.

—¿Qué me ha pasado? —Daniel lo miraba todo como si acabara de despertar de una larga siesta—. ¿Dónde estoy?

Ricardo observó su rostro: pálido y enfermizo. No su mirada, que presentaba un brillo desconocido.

—Estás en el hospital. Tuviste un accidente. Pero no te preocupes, estás fuera de peligro —explicó Ricardo en susurros, como si un mayor tono de voz pudiera hacer que Daniel se apagara de nuevo—. ¿Cómo te encuentras?

—Mareado. Recuerdo el accidente. Un autobús me pasó por encima.

Ricardo y Kike intercambiaron miradas.

—Debes de estar delirando —intervino el cubano—. Tropezaste con un balón durante un partido y tu cabeza se golpeó contra el suelo. Sucedió hace casi un año. Has estado en coma desde entonces.

—¿Qué dices? Eso no es verdad. Quiero decir, sí, es cierto, pero... —A Daniel le costaba encontrar las palabras adecuadas—. Pero me recuperé. Mi rodilla se curó y me ascendieron al primer equipo.

Kike y Ricardo fruncieron sus respectivos ceños. Aquellas palabras eran propias de un demente.

—¡No me miréis así! —exclamó Daniel—. Vosotros estuvisteis allí, en mi fiesta de bienvenida. Lo preparasteis todo para que fuese una sorpresa. Fue en tu ático, Ricky. Y a la mañana siguiente, un autobús me atropelló, y por eso estoy aquí. ¿Es que no lo veis? Me atropelló justo antes de ver a...

Se detuvo de súbito y miró a su hermano.

—¿Dónde está papá?

Junto con el recuerdo de Jorge, en la memoria de Daniel se agolparon flashes, piezas de puzle que le ayudaron a recomponer el rompecabezas: el extraño comportamiento de su padre, el traje negro, la fiesta, el autobús. Un plan perfecto que acabó con él en la cama de un hospital. Pero, ¿por qué haría su padre algo así?

—Dani, padre está muerto —anunció Ricardo con consternación—. Falleció pocos días después de que tropezaras con aquel balón, por eso no te enteraste de nada. Los médicos dijeron que fue a causa de un ataque al corazón, pero yo creo que murió de pena.

Kike se acercó a la ventana queriendo desaparecer. Se suponía que no tenían que sacar ese tema tan pronto. ¿Varios meses en coma y un padre muerto? No existía cerveza en el mundo para sobreponerse a eso.

Daniel se mantuvo pensativo. Aquello no tenía ningún sentido. Si era verdad lo que decía su hermano, si su padre llevaba meses muerto, ¿con quién había estado viviendo durante las últimas semanas? ¿Quién le había ayudado a recuperarse de la rodilla para después provocarle otro accidente aún más brutal? Y lo más importante de todo, ¿por qué?

Entonces lo supo.

No hubo ningún autobús, ni tampoco un plan para acabar con su vida. Tampoco compartió banquillo y vestuario con los jugadores del primer equipo; ni siquiera lo ascendieron de categoría. No había estado en el pueblo con su padre ni con nadie que se pareciera a él, porque no iba allí desde que era niño. ¿Existía Manu en realidad? Cabía la posibilidad de que no fuera así.

Daniel se palpó la rodilla para confirmar su hipótesis: no encontró rastro de la cicatriz. Nunca se rompió la rodilla. El golpe se lo había dado en la cabeza. ¿Había fallecido su padre con el fin de rescatarle de las garras de la muerte? ¿Había sido ese su último sacrificio?

—Lo siento, Dani. —Kike se sentó en el borde de la cama—. ¿Cómo estás?

Daniel continuaba ensimismado. «¿Qué ocurrió en realidad? ¿Llegué a morir?» Se avergonzó por pensar tal estupidez.

—¿Dani? —insistió Kike. Miraba a Ricardo con preocupación.

—Estoy mejor que nunca —dijo al fin Daniel—. Gracias chicos, muchas gracias.

Aquella reacción fue tan inesperada como

encontrarse a un repartidor de flores en el Congreso de los Diputados.

—¿Vosotros cómo estáis? Venga, contadme cosas —quiso saber Daniel.

Kike carraspeó antes de empezar una de las conversaciones más extrañas de su vida.

—Yo estuve en Cuba unas semanas —dijo, con la sensación de estar contando algo sin importancia—. Al volver terminé mis estudios de magisterio.

—¡Qué bien!

—Gracias, tío. En cuanto a Óscar, que, por cierto, estará al llegar, ha creado dos nuevas hamburguesas. En mi opinión están asquerosas, pero nunca se lo diré a la cara. También tiene un nuevo cotilleo de faldas, pero eso mejor te lo cuenta él.

Concluyó el resumen guiñándole un ojo.

—¿Y tú? —Daniel se dirigió a su hermano—. ¿Cuántos millones has ganado en mi ausencia?

Alguien llamó a la puerta con los nudillos. Un segundo después, Óscar entró con la expresión desencajada. Venía acompañado de una chica rubia que causó en Daniel una buena primera impresión.

—¡Dani, al fin has despertado!

Kike no pudo contener una emocionada

sonrisa al ver a Óscar llorando en los brazos de Daniel como si fuera un niño.

—¡Me vas a rematar del todo! —bromeó Daniel, librándose de los tentáculos de su amigo—. ¡Cómo me alegro de verte!

—¡Y yo a ti! Sabía que seguías vivo, ¡yo lo sabía! —Óscar lo miró de arriba abajo—. Tío, estás hecho un asco.

Daniel rompió a reír.

—Quiero presentarte a alguien. —Óscar se volvió.

—Tú debes de ser Almudena —se adelantó Daniel—. Encantado de conocerte.

Enseguida se dio cuenta de su error al ver las caras de sus amigos. Daniel podía explicarles que, aunque no la había visto nunca, sabía de la nueva novia de Óscar debido a que éste se lo había contado todo en sus regulares visitas al hospital. También podía explicarles que, aun estando en coma, había recibido tales noticias mediante correo electrónico directamente al pueblo, un pueblo en el que solo había estado de manera espiritual, y un correo electrónico que existió únicamente en su mente dormida. ¿Pero quién iba a creerlo? Ni siquiera él mismo estaba convencido del todo. Pero sí, era la única posibilidad. De lo contrario, ¿cómo podría conocer a Almudena?

Pensó que si les explicaba todo eso le tomarían por loco, y no estaba dispuesto a cambiar la cama de hospital por otra de un centro psiquiátrico, de modo que disimuló y cambió de tema.

—Contadme cómo os conocisteis.

Más de media hora después, Óscar y Almudena seguían detallándole su romántica historia de amor, desde los viajes en tren hasta la velada en la hamburguesería. Daniel ya conocía cada detalle, pero se hizo el sorprendido, e incluso dejó escapar algún «¡no me digas!» para resultar creíble.

—¿Quieres que te cuente lo que pensé de Óscar la primera vez que le vi? —preguntó Almudena.

—Creo que yo me voy a ir —dijo Kike con los ojos semicerrados.

—Nosotros dos también nos vamos —se sumó Óscar—. Venga guapa, dejemos descansar a Dani.

Los tres amigos abandonaron la habitación. Daniel y Ricardo los despidieron desde la cama con un gesto.

—Oye, Ricardo —dijo Óscar desde la puerta—, ¿qué ha sido del señor inglés que compartía habitación con Daniel?

Fue la primera vez que Daniel reparó en la cama vacía que lo separaba de la puerta.

—Murió hace un par de días —respondió Ricardo con una mueca—. Estaba muy mayor.

Daniel ignoraba a quién se referían. Solo al fijarse mejor en la mesita situada junto a la cama del difunto tuvo una revelación. Sobre ella había una maceta, y en su interior flotaba una flor de pétalos blancos. Era una flor de Loto.

La última vez que los dos hermanos habían coincidido fue horas antes del fatídico accidente, y en aquella ocasión casi llegaron a las manos.

—Los médicos dicen que te darán de alta en pocos días —dijo Ricardo, maldiciendo por dentro su estupidez. Si quería romper el hielo podía haber dicho algo menos evidente.

Daniel sonrió.

—Ya lo sé. ¿Tú qué tal? ¿Cómo están Teresa y la pequeña?

El carraspeo de Ricardo no aventuraba buenas noticias.

—Vas a tener suerte, saldrás del hospital justo a tiempo para la época de terrazas.

El abrupto cambio de tema hizo fruncir el ceño de Daniel, que se dio cuenta de que su hermano no llevaba el pelo engominado; más bien lo llevaba hecho un desastre. ¿Y esa barba entrecana? Era algo completamente nuevo.

—¿Ocurre algo? —se atrevió a preguntar.

Los labios de Ricardo temblaron.

—Hermano —insistió Daniel—. ¿Qué pasa?

—Todo se ha ido a la mierda, Dani.

—¿Qué? —Ricardo rompió a llorar. Daniel tomó su mano con determinación—. Sea lo que sea, seguro que tiene solución. He aprendido que todo el mundo tiene problemas, no hay nada de malo en compartirlos para sentirse mejor.

—Me ha dejado —musitó Ricardo con la vista clavada en la sábana.

Daniel tragó saliva.

—¿Cómo?

—Teresa. Me ha dejado.

Daniel esperó en silencio a que su hermano diera más detalles. No fue así.

—Puede que sea una mala racha. Quizá puedas recuperarla. Lleváis muchos años juntos, eso no se olvida fácilmente.

—Me dejó hace cuatro meses, Dani —lo

interrumpió Ricardo—. Se ha llevado sus cosas y ahora está viviendo con otro tío.

—Joder. ¿Y la niña?

—Con ella.

Daniel nunca hizo migas con esa arpía manipuladora, pero antes su hermano tenía una familia. Ahora estaba solo.

—Lo siento —añadió Daniel con sinceridad. Su hermano se lo agradeció con una palmada en el hombro—. Saldrás de ésta, ya lo verás. Teresa no era lo mejor para ti, encontrarás a alguien mejor.

—No. Teresa tenía razón. Ella no me dejó, yo la empujé a hacerlo.

Ricardo fijó la mirada en el rostro de su hermano.

—He sido un padre y un marido lamentable estos últimos meses.

—Eh, ni te atrevas a repetir eso. Tu hija te adora, y eso no cambiará nunca.

En mitad de la pena por la situación de su hermano, Daniel entendió que la relación entre hermanos había cambiado. Lejos de mantener una estúpida rivalidad nacida de la envidia, ambos habían pasado a jugar para el mismo equipo.

—Mira el lado bueno —continuó Daniel —: tienes el ático. ¿Cómo va el negocio?

—Al borde de la quiebra.

«¿Por qué nadie me cosió la bocaza aprovechando mi larga estancia en el hospital?», se preguntó.

—El alquiler del local es carísimo, y ya no recibe ni la mitad de clientes que al principio —explicó Ricardo—. He cerrado el piso exterior y he despedido a los cocteleros, no podía permitirme pagarles. No he estado muy pendiente del negocio últimamente.

En ese momento Ricardo se sintió como un insecto estúpido y egoísta. No solamente acababa de admitir que su vida era una completa ruina, sino que había escogido el día en que su hermanito salía del coma. Qué momento más apropiado.

—¿Sabes qué te digo? Yo te ayudaré a recuperar esa taberna de mala muerte.

Ricardo arqueó las cejas.

—En cuanto salga de esta cárcel me convertiré en tu socio. ¡Ese ático volverá a ser el local más popular de Madrid!

Los dos rieron. Después, el rostro de Daniel se ensombreció.

—Oye, tengo que preguntarte por alguien.

Ricardo asintió. Había entendido de inmediato a qué se refería.

—Lo sé —dijo—. Pero antes déjame hacer una llamada, ¿de acuerdo?

—Como quieras, no me moveré de aquí —bromeó Daniel, que se esforzaba por disimular su preocupación por dicha llamada.

En el pasillo, Ricardo mareó el móvil entre sus dedos antes de acceder a la agenda. Antes de llamar miró a ambos lados, quería hacer aquello a solas. Odiaba hacerlo, pero una promesa era una promesa. El día que Daniel despertara, si es que llegaba a hacerlo, Ricardo debía llamar al número que ahora ocupaba la pantalla de su teléfono. Sin darle más vueltas, pulsó el botón de llamar.

—*Hello?* —Una voz masculina.

—Hola, Jaime. Soy Ricardo.

—Ey, Ricardo, no te había reconocido. —La voz al otro lado de la llamada habló ahora en perfecto castellano—. ¿Cómo estás?

—En realidad quería hablar con...

—¡Hola, cariño! —interrumpió Jaime, que ahora hablaba con otra persona—. Es Ricardo. Quiere hablar contigo. Ahora se pone, ¿ok? ¿Ricardo?

—Ah, sí, em... muy bien. Gracias.

—Un abrazo.

—Otro.

A través del auricular, Ricardo escuchó cómo el teléfono cambiaba de manos.

—¿Hola? —Ahora era una voz femenina.

—Hola, Sofía.

Se produjo un silencio que a Ricardo se le hizo eterno.

—Ricardo, ¿qué pasa? —La voz de ella ahora temblaba.

—Ha ocurrido. Daniel ha despertado.

De repente, el auricular resbaló entre las manos de ella e impactó contra la madera del suelo con un golpe seco. A través del ventanal del salón, la luz del sol, que acababa de salir, pintaba el piso de un color anaranjado. Un sol que luchaba por hacerse un hueco en el imponente perfil que creaban las moles gobernantes del distrito de Manhattan.

35

Desde el interior del coche, el cielo se veía oscuro más allá de la sierra. A pesar del frío exterior, y gracias a la calefacción del vehículo y al robusto abrigo que llevaba puesto, Daniel estaba a punto de sudar.

Habían pasado unos días desde que los médicos le dieron el alta, y, aunque le habían permitido hacer vida normal, la recomendación respecto a conducir fue clara: no hacerlo. Daniel simplemente había decidido ignorar esa recomendación; no podía posponer lo que estaba a punto de hacer.

—No sé si deberías ir a por ella —le había dicho Ricardo en el hospital—. Ha hecho su vida y es feliz.

—No me importa. Soy un egoísta, lo admito, pero no me vale que sea feliz con ese doctor. Quiero que sea feliz conmigo.

Ricardo agitó la cabeza.

—No me estás entendiendo. A mí ella me da igual, quien me importa eres tú. Te vas a llevar un buen palo. Solo intento evitarlo.

—Respóndeme a una cosa: ¿se preocupó Sofía por mí durante mi coma?

Ricardo dudó. Era una duda sobre si decir la verdad o mentir piadosamente, y Daniel lo sabía. Lo conocía demasiado bien.

—Sí —se limitó a contestar.

A Daniel le brillaron los ojos.

—Siento decírtelo, pero no puedes hacer nada para impedir que vaya a por ella. Está decidido.

Ricardo asintió con la convicción de que Daniel tenía las mismas probabilidades de triunfar con Sofía que las que tenía de volar.

—Mucha suerte entonces, hermanito.

Un camión adelantó en una curva y Daniel tuvo que dar un frenazo, hecho que lo trajo al presente.

Por primera vez en su vida sabía lo que quería, nadie se lo iba a impedir, pero antes de eso debía visitar a alguien muy especial. Al coronar una colina, vislumbró la torre de la iglesia de Buitrago. Un escalofrío le recorrió la espalda, y el sudor se volvió frío. ¿Cuándo había pisado ese lugar por última vez?, se dijo. ¿Hacía unos días o unos cuantos años? Ambas opciones eran igual de exactas.

Todo estaba tal y como lo recordaba. Al fin y al cabo, vivió allí hasta hacía no mucho. Atravesó las pedregosas calles de sentido único del pueblo y detuvo el vehículo bajo el roble que daba la bienvenida a aquellos que osaban visitar al viejo Jorge Santos (no habían sido muchos). El jardín estaba tan descuidado como de costumbre: hierbajos y arbustos sin podar se habían convertido en el refugio perfecto para caracoles, grillos y cucarachas. En cuanto al caserón, la oscuridad del día lo dotaba de un aspecto fantasmal.

La puerta principal estaba abierta. A Daniel se le escapó un suspiro cuando vio lo que vio nada más entrar: muebles carcomidos, jarrones rotos y fuertes telarañas en cada esquina. Las motas de polvo flotaban entre las rendijas de luz que se colaban a duras penas por las ventanas. La estampa habría puesto los pelos de punta de cualquiera, pero no a Daniel, que miró hacia el hueco de la cocina esperando encontrarse a su padre desayunando tostadas y café. Su rostro dibujó una sonrisa nostálgica. Saboreó cada nuevo paso en esa casa como si fuera el último. Posiblemente lo fueran. Anduvo sobre el suelo donde Manu solía colocar sus máquinas de tortura, y le pareció que todo aquello pertenecía a otra vida. Le costaba asimilar que aquello tuviera lugar tan poco tiempo atrás, aunque, en realidad, lo que aún no asimilaba es que no sucediera.

El mueble del salón constaba de ocho cajones. Daniel llevó su mano derecha al primero de ellos y tiró de la manilla. Se sintió estúpido por esperar encontrar algo, pero, sorprendentemente, allí estaba. Notó cómo subía la temperatura en sus mejillas cuando encontró el viejo papel dentro del cajón. Dio un hilarante bramido que reverberó en las paredes de la casa, y después cogió el papel con sumo cuidado, miedoso de que se descompusiera al mínimo contacto.

El papel estaba doblado por la mitad, de forma que no podía verse su contenido, pero Daniel sabía con certeza lo que venía escrito en él. Al desplegar el folio, un nuevo trozo de papel mucho más pequeño voló hasta sus pies. Se agachó para recogerlo y lo sopló. Partículas de polvo volaron y le provocaron un estornudo. Daniel leyó el contenido del nuevo papel:

Queridísimo Dani,

Si estás leyendo esto, significa que finalmente saliste adelante y lograste sobrevivir. Me alegro mucho. Sé que estuve muy lejos de ser el padre ejemplar que tú necesitabas. No hubo día que no me arrepintiera de ello. Espero que puedas perdonarme algún día.

Como suele decirse, lo que no te mata te hace más fuerte. El destino corrió un riesgo extremo contigo, pero confío en que hayas aprendido la lección. Confío en que hayas aprendido que la vida hay que vivirla con el corazón y sin miedo, y que no vale de nada autocastigarse. Pero no quiero enrollarme como de costumbre, ya que todo esto ya lo habrás comprobado por ti mismo. Disfruta de la vida, sé feliz y haz feliz a los demás. Ese es el secreto.

Te quiero, hijo.

PD: Recuerda la teoría del equilibrio: para ganar tienes que arriesgarte a perder.

Con la vista empañada por las lágrimas, Daniel reflexionó sobre lo mucho que había cambiado su vida. Resultaba irónico el hecho de que hubiera aprendido más cosas dormido sobre una cama que durante el resto de su vida.

Guardó el folio que había ido a buscar en el bolsillo del abrigo, ese que su padre le había enseñado justo después de terminar de ver juntos la proyección de la antigua película familiar. Era un poema que lo acompañaría siempre. Después abandonó la casa con la sensación de que no volvería nunca más.

«Esto está abandonadísimo», pensó al detener el coche junto a la entrada del cementerio de Buitrago. El sonido del viento contra los árboles era el único que lo acompañaba al entrar. Le entró un escalofrío y de inmediato se abrochó el abrigo. El cementerio estaba distribuido en escuadras, y Daniel fue recorriéndolas todas fijándose en el nombre que figuraba en las lápidas. Buscaba el de su padre. Mientras caminaba con los brazos cruzados, se acordó de las películas de zombis que su hermano le obligaba a ver cuando eran unos niños. Las odiaba. Las visiones de muertos vivientes desaparecieron cuando encontró la tumba. Una lápida sencilla pero limpia. Se notaba que la habían instalado recientemente.

JORGE SANTOS ARROYO
1.945- 2.010

Deseó no haber desperdiciado todo el tiempo que estuvo enfadado con él. Ahora cambiaría todos esos años por un solo día más a su lado. Pero esas cosas no se podían hacer. Se maldijo por darse cuenta ahora, que ya era tarde, de lo mucho que su padre había hecho por él. Si al menos hubiera podido darle las gracias. Hubo un tiempo en que se malhumoraba cada vez que le llamaba por teléfono para interesarse por él. ¡Qué estúpido había sido! Ahora daría una fortuna por una de esas llamadas.

—Hola, padre —dijo a la lápida—. Hoy no es un día feliz. Te fuiste sin hacer ruido, ni siquiera me avisaste. Preferiste despedirte de mí antes de que yo me tuviera que despedir de ti. ¡Maldito anciano cabezota! Sé que vas a decirme que ya eras muy viejo y que ya habías vivido todo lo que te tocaba y más, pero, ¡me has jodido!

No pudo contenerse y se echó a llorar.

—Recuerdo el día que murió mamá. Creo que fue un punto de inflexión para todos. Desde ese día nos fuimos distanciando los unos de los otros, hasta tal punto que te convertiste en un completo desconocido para mí. Sin embargo, me has salvado la vida. Has cuidado de mí incluso una vez muerto. Eres un mamón, porque bien sabes lo mal que me caías cuando viniste a por mí al hospital y me llevaste contigo, y justo cuando empezaba a recordar lo que es quererte, justo cuando empezaba a ser tu amigo, me haces regresar y desapareces para siempre. Sé que lo has hecho a propósito. Tu objetivo no era que yo te quisiera, sino que sobreviviera. Cuando todos me daban por muerto, tú te empeñaste en devolverme al reino de los vivos. No solo me has ayudado a reencontrar el camino para salir del coma, sino que me has enseñado a ver las cosas desde otro punto de vista. Me has enseñado a vivir. Eres un jodido genio, ¿sabes? Por supuesto que lo sabes, viejo arrogante.

Hizo una pausa para secarse las lágrimas con la manga del abrigo.

—Aunque no lo creas, voy a echar de menos tus rarezas y tu testarudez de tener siempre la última palabra. También despertar por las mañanas y rechazar la última tostada empapada en aceite que amablemente me ofrecías. Sabes que volvería hacia atrás para abrazarte cada día que te ignoré y para darte las gracias por cada cosa que hiciste por mí. —

Miró hacia el cielo con los ojos vidriosos—. Dios, espero que me estés escuchando.

»¿Sabes una cosa? Pienso trabajar en la casa de Buitrago para que quede como nueva. Reformaré el jardín, pintaré, y compraré muebles. Cuando forme mi propia familia, veranearemos aquí. Nunca olvidaré tu teoría del equilibrio, porque ahora puedo reconocerlo sin que te vanaglories delante de mí: ¡qué razón tenías!

Empezaron a caer las primeras gotas de lo que sería una gran tormenta. Daniel no se inmutó.

—Se me ocurren muchas cosas que recordar y que agradecerte, pero no puedo estar aquí toda la vida. Sólo espero conseguir que algún día te sientas tan orgulloso de mí como yo lo estoy de ti. Estés donde estés, espero que me sigas vigilando, porque te prometo que te va a gustar lo que vas a ver. Ya puedes descansar en paz, padre.

La mano le temblaba cuando la metió en el bolsillo y sacó el papel que había encontrado dentro del cajón de casa. Lo besó y lo introdujo en un sobre que depositó sobre la lápida, bajo un centro de flores para protegerlo de la climatología.

—Te olvidas de tu poema —susurró con

un brillo especial en los ojos—, aunque creo que ya no lo necesitarás más.

Ya diluviaba cuando Daniel dio un paso atrás y contempló la tumba de su padre por última vez. Desde esa posición vio que un majestuoso roble custodiaba la lápida por la izquierda, mientras que a la derecha...

—¡Joder!

Tuvo que frotarse los ojos para creer lo que estaba viendo. Quien descansaba junto a Jorge, según la inscripción de la lápida, no era otro que «MANUEL SAN ROMÁN».

Las carcajadas de Daniel rivalizaron con sus lágrimas. De modo que el fisioterapeuta chiflado también estaba bajo tierra. Daniel comprendió entonces que, a su manera, el andaluz se había despedido de él cuando lo llevó en limusina a la fiesta.

—Gracias, amigo. Nunca te olvidaré —dijo Daniel. Después se acercó a la lápida de Manuel para besar el granito.

Abandonó el cementerio con la certeza de tener a tres personas esperándolo al otro lado. Tres personas que sabían lo que ocurría en el interior de su alma, porque penetraron en él e intentaron sanarlo. Manu, Jorge y Steve, el viejo inglés de las flores de agua, no serían más ni familia ni amigos. Serían mucho más que eso. Eran parte de él, parte de un secreto que nadie más conocería nunca.

Aliviado del fuerte dolor interior que arrastraba desde hacía muchos años, dejó Buitrago. Había poco más de una hora de camino hasta su próximo y último destino: el aeropuerto.

Poema de Jorge a Andrea

En esta terrible velada
triste como un niño que grita,
doy gracias a Dios
por mi suerte infinita.
Caprichosos ataques del
    destino,
me han dolido, mas no me he
    rendido.
Seducido por la soledad,
ni me he quejado, ni he caído.
Tras este momento de cólera y
    depresión,
mi alma exclama victoriosa.
Echo la vista atrás:
te he amado y te he besado, a
    ti, mi mujer hermosa.

No importa lo que ocurra a
partir de este momento,
no tengo miedo de morir.
Sé que esperas en el fir-
mamento,
he sabido vivir.

Querida Angie,

Temo que la vejez me llegue y con ella se esfumen mis más preciados tesoros: mis recuerdos. Nuestra historia, así como mi sentimiento hacia ti, merecen ser recordados eternamente como las épicas batallas. Porque eso es lo que fue desde el principio, ¿recuerdas? Por ello escribo esta carta que me ayudará a continuar y me acompañará hasta mi último suspiro, instantes antes de reencontrarme contigo de nuevo. Hasta entonces, no me olvides. Prometo hacer lo mismo.

PD: Vuelves a estar tras la puerta.

Te adora,

Jorge

37

¿No crees que te has pasado con tantos adornos? No se van a ver las ramas.

Sofía contemplaba sonriente el árbol artificial que ella y Jaime habían comprado para Navidad. En esa esquina del salón resplandecía, pero Jaime se había emocionado en exceso comprando bolitas brillantes, espumillón y Papá Noeles en miniatura.

—Eres una exagerada, tampoco son tantos —respondió él a la vez que colocaba los últimos adornos en las ramas que aún quedaban libres—. Vistos en la caja parecen más.

Aquel era un día propicio para decorar la casa de cara a las fiestas; un fuerte aguacero bañaba las calles de Nueva York mientras el calor del radiador y los clásicos musicales de la temporada ambientaban la tarde.

—¿Te gusta cómo queda junto a la ventana? —preguntó Sofía con el índice sobre la barbilla.

Jaime la rodeó por los hombros y la apretó contra sí.

—Hay algo que queda mejor —le susurró al oído.

—¿El qué?

—¡Tú, por supuesto!

—Eres idiota.

—En el dormitorio me gustas especialmente.

Sofía rio de manera infantil y aproximó la punta de la nariz a su mentón.

—¿Eso crees?

Jaime asintió juguetón.

—¿Qué tal si lo comprobamos? —Ella comprobó el reloj. Después tomó impulso para darle un beso húmedo—. Tenemos tiempo, ¿no?

—Ojalá fuera así, cielo, pero no lo creo. Tenemos que terminar de decorar el árbol, y luego he de irme al trabajo.

—Ya decoraremos el árbol mañana —protestó Sofía.

—Es víspera de Nochebuena, no podemos dejarlo para mañana. Mira, haremos una cosa: terminaremos el árbol, me iré a trabajar, y cuando vuelva pediremos esas hamburguesas que tanto te gustan, veremos una peli en el sofá y después —la miró con ojos sexuales, como siempre decía ella—, ya sabes.

A Sofía se le iluminó la cara.

—¿Te refieres a un plan *pelimanta*?

—Exacto.

—¿Con helado?

—Con helado.

—¿Y nos cubriremos con la manta?

—¡Cogeremos el edredón!

—Está bien, Pepito Grillo, me has convencido. Eres un hombre muy persuasivo.

Jaime esbozó una sonrisa.

—Ahora terminemos con el árbol —dijo, volviéndose hacia la caja.

Sofía cogió dos bolas rojas y las colocó con cuidado.

—Pero la peli será de las románticas —dijo de pronto.

—La que tú quieras.

—¡Y el helado que sea ese con trozos de galleta!

—Faltaría más.

—Oye, qué pocos adornos tenemos, ¿no?

¿Por qué no compraste más? —quiso saber ella con ceño.

Jaime la miró como preguntándose si estaba perdiendo el juicio con todo el tema del árbol, la película, la manta y las galletas.

—¡Estoy de broma, tonto! —Sofía se echó a reír.

UNOS MINUTOS MÁS TARDE, las luces del árbol destellaban con diferentes colores al tiempo que tímidos rayos de sol sustituían a la tormenta.

—Vete pensando la película que quieres ver —dijo Jaime desde la puerta.

—¡Ya está pensada!

Sofía corrió a darle un beso de despedida y, cuando él se perdió escaleras abajo, cerró la puerta. Apoyándose contra la madera, contempló el árbol y asintió con la cabeza. Habían hecho un trabajo estupendo. Tarareó inconscientemente a Cher mientras guardaba las cajas de los adornos en un armario.

Alguien llamó al timbre e interrumpió la versión de viento de *Believe*.

«Se habrá dejado las llaves con las prisas», pensó Sofía mientras corría hacia la puerta.

—Aún no tengo la peli preparad... —Se le quebró la voz.

—Hola.

—Eh... Daniel, ¡qué sorpresa!

No podía creérselo. Desde que Ricardo la llamó para comunicarle que su hermano había despertado del coma, no hubo día en que no pensara en reservar un billete de avión y viajar a Madrid para ver a Daniel. O al menos llamarle por teléfono. Por alguna razón, no lo había hecho. Esa razón tenía nombre y apellidos: Jaime Vergara. Ahora vivía felizmente con un hombre que la quería. La idea de regresar a Madrid, y revivir los tormentosos momentos del pasado junto a Daniel, la aterraba. Jamás pensó que esos recuerdos, personificados en él, cruzarían medio planeta y se plantarían en su piso diciendo «hola».

—Te veo muy bien —dijo él todavía desde el descansillo. Llevaba las manos hundidas en los bolsillos del pantalón—. ¿Cómo estás?

—Muy bien. Gracias.

Sofía cabeceó. Estaba siendo una maleducada.

—Por favor, pasa. Te serviré un café.

Daniel le dio las gracias y entró en el piso.

—Vaya, bonito árbol.

—Sí. Lo acabamos de poner ahora mismo.

Acabamos. Una conjugación verbal que a buen seguro había activado un volcán en el estómago de Daniel. Sofía se situó tras la barra americana para preparar un par de cafés con la sensación de estar siendo infiel a Daniel y a Jaime al mismo tiempo. James Brown, Frank Sinatra y Bob Dylan intentaban rebajar la tensión a través de la radio.

—Yo aún no he puesto el mío —dijo Daniel.

—¿El qué?

—El árbol. No lo he puesto. Ni siquiera tengo uno.

—Bah, tienes excusa, no has tenido mucho tiemp...

Se mordió la lengua tras otro comentario inapropiado. Mientras se calentaba la cafetera, Sofía se preguntaba qué podía hacer para mantener la bocaza cerrada. Afortunadamente, Daniel no pareció haberlo oído.

—¿Cómo te va por Nueva York? —preguntó él, cambiando de tema—. ¿A qué te dedicas?

—Soy camarera.

—Me alegro de que hayas encontrado algo tan rápidamente.

—Pero la semana que viene tengo una audición para una obra de teatro. —Sofía sonrió con sinceridad por primera vez desde que Daniel había llamado a la puerta.

—Qué bien —exclamó él haciendo una mueca—. Hasta que no lo has conseguido no has parado, incluso cruzando el charco y abandonándolo todo si era necesario.

Sofía frunció el ceño. ¿Había sido un comentario sarcástico?

—Así que aquí es donde vives ahora —dijo él mirándolo a su alrededor.

—Ajá.

—Menudas vistas, no te quejarás —musitó Daniel mientras recorría el marco de la ventana con las puntas de los dedos. Allá abajo los vehículos se movían cual cucarachas a sus ojos. Recordando que se encuentra en un decimonoveno piso, desvió la mirada aturdido.

Sofía se cruzó de brazos.

—Si has venido a reprocharme algo, será mejor que lo hagas cuanto antes —espetó, cansada de fútiles formalismos.

Daniel arqueó las cejas.

—¿Cómo dices?

—No tienes ningún derecho a estar disgustado conmigo. Sé que despertaste y yo no estaba allí, pero eso es porque ahora vivo aquí.

—Ya lo sé. No te preocupes.

—No, no lo sabes. —La voz de Sofía

ahora temblaba—. Y *sí* me preocupo. Durante meses estuve yendo al hospital cada día para verte, con la esperanza de que uno de esos días despertaras. Así que no tienes derecho a recriminarme nada, más bien al contrario.

Un incómodo silencio se adueñó de la estancia. Sofía, incapaz de creer haber pronunciado esas palabras, esperaba ansiosa una respuesta. Daniel resopló y se acercó a la barra americana.

—Eso también lo sé, Sofía —dijo—. No te preocupes.

—Entonces, ¿a qué leches has venido?

A esa distancia podía olerlo. Era una mezcla muy característica de colonia y crema corporal.

—He venido a decirte... —Daniel tragó saliva y fijó su mirada en los ojos de ella. Un estremecimiento recorrió la médula de Sofía—. Decirte algo que debí haberte dicho hace tiempo, cuando tuve la oportunidad. Pero fui un estúpido.

El corazón de Sofía latía con más fuerza de lo normal.

—No creo que éste sea el mejor momento.

—Es el único que tengo —la interrumpió—. Tú me querías, ¿no?

El miedo atenazó el corazón de Sofía, temerosa de escuchar lo que sabía que estaba a punto de escuchar.

—No lo sé... S-supongo que sí. —No se atrevió a mirarlo a los ojos.

—No me refiero a hace unos meses, sino en otra época.

Sofía frunció el ceño. Su corazón volvía a bombear sangre con normalidad.

—¿Qué quieres decir?

—Hace muchos años, cuando éramos unos críos. ¿Me querías? Creo que me has querido desde entonces.

Sofía alzó la mirada para comprobar si se trataba de una broma de mal gusto. No lo era. La expresión de Daniel era la de quien sabe, del modo en que pocas veces en la vida se nos permite comprender sin necesidad de palabras o razones, de lo que está hablando.

—Pues sí. Te quería —respondió al fin, con enojo—. Eras como mi alma gemela, ¿sabes? —Lo apartó con el brazo—. Yo era una niña, y se supone que una niña no siente amor de verdad. Pero yo lo sentía. Después desapareciste, jamás volviste al pueblo, y no tuve forma de contactar contigo. Estuve años esperando a que volvieras. Te esperaba en el jardín de mi casa, junto a la iglesia... siempre con la esperanza de que en algún momento aparecieras y me abrazaras.

Sofía comenzó a deambular por el salón agitando los brazos.

—No regresaste. Y no te culpé. Tu madre murió y no volviste a pisar el pueblo. Continuaste con tu vida y yo hice lo propio. Pero no llegué a olvidarte. Nunca volví a sentir nada parecido a lo que sentía contigo. Nunca.

Daniel hizo ademán de decir algo.

—Y un día, muchos años después, te encuentro —prosiguió Sofía, levantando aún más la voz—. Tú no me reconociste, y sin embargo yo había estado soñando con ese momento cada día desde que te fuiste. Pero el destino es tan cabrón que lo estropeó todo. De la noche a la mañana te dormiste, y no prometías despertar. Mi vida cambió por completo. Cada día iba a ese maldito hospital con la esperanza de que hubieras despertado, y cada día me metía en la cama llorando por ti, llorando por mi mala suerte. Actué como si fuera tu viuda, y ni siquiera era tu novia. Y no era tu novia porque tú, testarudo gilipollas, ¡te inventaste una novia falsa!

—Ahora estoy aquí, Sofía —dijo Daniel muy lentamente, acariciando su brazo con suavidad.

Sofía apartó su mano con brusquedad.

—¿Ahora estás aquí? —gritó—. ¿Y dónde estabas hace años, cuando se suponía que éramos tan inseparables? ¿Dónde estabas cuando no hacía más que perseguirte y tú sólo ponías excusas para no quererme? Ahora me importa una mierda que estés aquí.

—¿Perdona?

—Estuve casi un año muerta en vida por tu culpa, y ahora que por fin rehago mi vida y soy feliz, apareces —murmuró ella—. ¿Sabes una cosa? Hace unos días tuve un sueño, uno muy real. Estábamos tú y yo en el ático de tu hermano, justo donde nos reencontramos. ¿Recuerdas?

—Claro que lo recuerdo.

—Bien. Pues, en el sueño, me besabas apasionadamente. Cuando desperté estaba sudando, y me odié a mí misma por desear que el sueño fuera realidad. Resulta irónico que unas horas más tarde me llamara tu hermano, con quien no había hablado durante meses, para comunicarme que acababas de salir del coma.

Daniel adelantó el rostro hasta que tuvo el de ella a pocos milímetros del suyo.

—Yo estaba en coma, Sofía —susurró—. Acabas de decir que cuando despertaste de aquel sueño deseaste que se hiciera realidad. Aún estamos a tiempo de vivirlo.

Sofía miraba fijamente a la tarima.

—Quiero que te vayas de mi casa —ordenó.

Daniel tardó unos segundos en reaccionar.

—No pienso irme.

—¡Por Dios! ¡No tienes derecho a venir ahora y pretender que te siga! —gritó Sofía. Daniel quiso cogerla de los brazos, pero le resultó imposible.

—Sí que lo tengo.

Al fin atrapó el bíceps de ella y logró acercarse lo bastante para besarla. Un beso brusco. Seco. En cuanto sus labios se separaron, continuó la discusión.

—Eres un egoísta.

—Mírame y dime que no me quieres.

—No te quiero.

—Si no me quieres, ¿por qué estás llorando?

—No me hagas esto...

Daniel volvió a besarla, pero esta vez sin barreras. Toda la rabia de Sofía se deshizo en un llanto, un desahogo sobre los labios de su amor platónico.

· · ·

Quizá tuviera razón, pensó Daniel. Quizá no tuviera derecho a perseguirla hasta el otro lado del mundo para pedirle que dejara a su novio y el trabajo de su vida para largarse con una persona con quien un año atrás se había tomado una cerveza. ¿Quién haría algo así? Había hecho caso a su padre, había luchado hasta el final asumiendo el riesgo de fracasar. Había elegido amar a pesar del riesgo de sufrir que ello conlleva. La teoría del equilibrio en su máxima expresión. Pero las cosas a veces simplemente no salen bien. Las historias no siempre tienen un final feliz, especialmente aquellas que no se cuidan desde un principio. Daniel había sido un cretino, y ahora ella estaba en su derecho de seguir con su vida sin contar con él.

Daniel se distanció de ella. No había razón para hacerla sufrir más. Se volvió hacia el perchero con la intención de coger su abrigo y abandonar el piso. Fue cuando sucedió la magia. Unos acordes de guitarra comenzaron a sonar a través de la radio. Eran familiares.

The Sound of Silence, de Simon&Garfunkel.

—Dame una última oportunidad —dijo al volverse.

Ella apartó sus manos de la cara y alzó la mirada con el rostro inundado de lágrimas.

—¿Qué?

Daniel sonrió. Estaba sonando la canción que sonaba en el ático de su hermano en el momento que *besó* a Sofía, justo después de discutir tal y como lo estaban haciendo ahora. Un ático, además, desde el cual se divisaban prácticamente todos los edificios de la ciudad, una vista que se asemejaba bastante a la que se vislumbraba desde el ventanal del piso de Sofía. Aquel momento no había pertenecido a la vida real, pero tampoco había sido un sueño. Se trataba de una lección más, como muchas otras que había recibido de mano de Jorge, Manu y Steve durante su *viaje*.

—Sé lo que soñaste la otra noche —dijo ante la vidriosa mirada de Sofía—. Puedes creerme o no, pero estando en aquel hospital he visto cosas que me han convertido en otro hombre.

Sofía abrió la boca como dudando entre dejar que continuara hablando o llamar a la policía.

—Pero deja que te hable de un sueño que tuve yo. —Daniel dio un paso al frente. De nuevo junto a ella—. Trataba sobre dos niños que se conocieron un verano. Un chico y una chica. Él iba todos los días a casa de ella y pasaban toda la tarde juntos, soñando con el futuro. Enamorándose sin saberlo. Cada día hasta que anochecía y sus padres les obligaban a entrar en sus respectivas casas.

Sofía volvió a hacer pucheros.

—Ella siempre decía que acabaría siendo una bailarina profesional, y finalmente, no te lo vas a creer, terminó en Broadway.

Daniel se vio obligado a hacer una pausa, pues se le había formado un nudo en la garganta.

—Un día —continuó—, los dos muchachos quedaron para verse en un lugar muy especial para ellos. Pero él no apareció.

»Ella, apenada como estaba, dejó mensajes escritos con piedra sobre la madera de un banco con la esperanza de que el volviera algún día y los leyera. Una práctica que continuó llevando a cabo durante tres años más. El niño no había desaparecido sin razón, una tragedia familiar le había obligado a abandonar el pueblo. Lo que la niña no sabía era que él también la amaba, y finalmente, muchos años después, regresó al pueblo. Pudo ver las marcas en la madera. Llevaban la firma de ella. Entonces recordó lo mucho que todavía la amaba. En el fondo no había dejado de quererla y, sin él siquiera saberlo, de buscarla. No se lo pensó dos veces y recorrió el mundo para encontrarse con ella, pero...

Hizo una pausa. Ella lo observaba con los ojos muy abiertos. Perpleja. «¿Cómo sabe que escribí aquellas cosas sobre la madera?», parecía estar pensando.

—...pero el final de la historia corre por tu cuenta.

Daniel sostuvo a Sofía en brazos. No iba a poder aguantar mucho más tiempo sin llorar.

—Hace unos días te encontré y discutimos. Se escuchaba esta misma canción en la terraza del ático y tu melena se agitaba revuelta por el viento. Acabamos besándonos, e hicimos de aquella noche la mejor de nuestras vidas. Después despertaste aquí, en tu cama de Nueva York, y no volviste a verme hasta ahora.

El corazón de Sofía se había acelerado. No sabía qué decir. Hacía unos minutos estaba decorando el árbol de Navidad para pasar las fiestas felizmente con su novio, y ahora sentía como si hubieran cogido un frasco con todos sus recuerdos y lo hubieran metido en una batidora. ¿Debía hacer caso al corazón, o a la cabeza? Y lo más importante: ¿Qué era lo que le decía cada uno?

—Sé lo que soñaste —insistió Daniel, adelantándose a las preguntas de ella—, porque yo también lo soñé. Pero no fue un sueño, al menos no para mí. Jamás he vivido algo tan real como lo de aquella noche. Como aquel beso. Y si ahora salgo por la puerta, se olvidará para siempre.

Un prolongado silencio, solamente perturbado por el sonido de la radio, siguió a las palabras de Daniel. Los corazones de ambos dieron un salto mortal al escuchar el sonido de la cerradura. Alguien estaba a punto de entrar al piso.

38

Cariño, me he dejado la cartera. Esta cabeza... —Jaime se detuvo abruptamente en mitad del salón—. ¿Estás bien? Tienes los ojos rojos.

Sofía, que no había tenido tiempo de enjugarse las lágrimas, negó con la cabeza apoyada en la barra americana.

—Es esta maldita alergia al polvo. Me ha dado un ataque y no paro de estornudar —mintió—. Por cierto, tengo una mala noticia. Mi padre acaba de llamar. Em... tiene algo así como anginas y me ha pedido que vaya a pasar las fiestas con él. Lo siento mucho.

Jaime se mantuvo inmóvil, y por un momento Sofía creyó leerle el pensamiento:

«¿Algo así como anginas? O tienes anginas o no las tienes. ¿Y esa alergia? Hace diez minutos no hacía ni el ademán de estornudar y ahora sus ojos están rojos como los del diablo».

—Vaya, pues qué pena —dijo finalmente—. Pues te acompañaré a España. Aprovecharé para hacer unas visitas.

—¡No! —exclamó ella—. Quiero decir... me encantaría que vinieras, pero es imposible. Tienes trabajo aquí y no puedes faltar.

Jaime ladeó la cabeza y unas arrugas se dibujaron en su frente.

—¿Ocurre algo?

—No, de verdad. Estoy preocupada por mi padre, eso es todo.

—Vale, vale. —Jaime suspiró con desconcierto—. ¿Y cuándo te vas?

—Esta misma tarde. Iba a llamarte ahora para decírtelo.

Sofía clavó la mirada en los ojos de Jaime con la confianza de que, si ella no miraba las *dos* tazas de café que había sobre la barra, él tampoco lo haría.

—En ese caso, cuídate mucho. Llámame cuando llegues a Madrid, ¿vale?

Se volvió y se puso a revolver el sofá en

busca de su cartera de piel. Cuando la encontró, se la metió en el bolsillo interior del abrigo y se dirigió a la puerta.

—Te llamaré en cuanto llegue —dijo ella—. Por cierto. —Jaime se volvió sin poder disimular el disgusto en su rostro—: Feliz Navidad, doctor.

Él asintió en silencio. Sofía no supo distinguir si era decepción o ternura lo que vio en sus ojos. Se sentía como uno de esos ciervos que debían sacrificar a un miembro de su familia para salvar a la manada. El Doctor Jaime Vergara estaba a punto de ser devorado por un león.

Jaime cerró la puerta y Sofía se mantuvo en silencio. Aguantó la respiración durante unos segundos hasta que expulsó todo el aire de golpe.

Daniel apareció tras el otro lado de la barra, donde se había escondido. Sofía lo miró y le dedicó un resoplido que hizo bailar su flequillo. Después se rieron. Era una fantástica manera de liberar tensiones.

—¿Te parece que nos tomemos ese café en el aeropuerto? —preguntó Sofía.

Los ojos de Daniel refulgieron.

—¡Qué buena idea! Creo que allí hacen

los mejores cafés de Nueva York —bromeó—. Oye, niña, ¿ese árbol de Navidad no está demasiado cargado?

Ella lo miró fingiéndose ofendida, pero sus felices ojos la delataban.

—¿Perdona? ¡Está perfectamente! Y no me llames *niña*.

—Calla y ven aquí.

Daniel alargó el brazo y la atrajo para sí. Después apartó un mechón de su mejilla y la besó como nunca había besado a nadie.

—Lo siento, chicos. Llego tarde. —Daniel se sentó en la única silla que quedaba libre.

—No te perdono, *papi* —susurró Kike tras la carta de raciones, de forma que Óscar y Almudena no pudieran escucharlo—. No sé por qué se molestan en venir. Para quedarse mirando embobados y no prestar atención a ningún otro ser vivo, podían haberse quedado en su casa.

Las fiestas navideñas, la nieve y el chocolate con churros habían dado paso a las cervezas, vermuts y tapas en las reconfortantes terrazas alineadas en las aceras de Madrid. Los chicos habían quedado para disfrutar del buen tiempo de la mañana del domingo, aunque, en realidad, Óscar y Almudena disfrutan de ellos mismos, mientras Kike se encargaba de la ración de chopitos.

Daniel miró a la pareja y sonrió. Óscar le saludó con el mentón y Almudena le devolvió la sonrisa antes de volver a prestarse atención a sí mismos. El amor.

—En serio, cuando Óscar se enamora, se vuelve extraterrestre. —Kike continuó con su protesta hacia Óscar—. ¡Míralo! He subido mi tono de voz y ni siquiera se entera de que estoy hablando de él.

El cubano se llevó un chopito a la boca e hizo una mueca.

—Están buenísimos. Necesito otra cerveza.

—Yo también —añadió Daniel, y levantó el brazo para llamar la atención del camarero.

En cuanto fueron servidos, Daniel y Kike pidieron dos pintas de cerveza. El camarero miró a los enamorados, que en ese momento estaban jugando con un muñeco de Pixar.

—¿Ellos van a tomar algo más?

—La parejita todavía está con su primera consumición —dijo Kike con recochineo—. Creo que van a utilizar esas cervezas como caldo. Les saldrá un guiso estupendo.

El camarero dejó entrever una sonrisa contenida y después se metió en el bar.

—¡Escuchad, amigos! —exclamó Óscar de pronto—. Tenemos algo que contaros.

—Vaya, han decidido volver a la Tierra —musitó Kike. Daniel contuvo la risa a duras penas.

—Almudena y yo hemos decidido que... ¡vamos a vivir juntos!

Inmediatamente los cuatro se levantaron y se abrazaron por la buena noticia.

—Por fin has sentado la cabeza, *rubiales* —dijo Kike—. Almu, desde hoy eres algo así como mi heroína.

Óscar le devolvió el cumplido con un guiño de ojo. Apoyada en la mesa, Almudena se dirigió a los amigos de su novio en voz baja:

—Ahora sólo tengo que quedarme embarazada y ya será mío. ¡Van a ser súper rubios!

Los amigos se miraron de reojo. El párpado de Kike temblaba como cuando está a punto de explotar.

Almudena explotó en carcajadas.

—¡Estoy bromeando, tontos! Tendríais que haber visto vuestras caras.

«Sin duda es una de los nuestros», se dijo Daniel con gusto.

—Aquí tienen: dos pintas de cerveza para

los caballeros —anunció el camarero mientras dejaba las jarras heladas sobre la mesa de Mahou.

Kike alzó su jarra.

—¡Brindemos!

—Un momento, no tan deprisa —interrumpió Daniel—. Yo también tengo una noticia.

Cuando se aseguró de que tenía la atención de los tres, habló:

—Estáis ante el nuevo copropietario de El Faro.

—¿Qué es El Faro? —quiso saber Óscar.

—Es el antiguo local de mi hermano. Nos hemos asociado y volveremos a abrir.

—¿Con terraza y cócteles? —preguntó Kike, a quien se le había iluminado la expresión.

—Con terraza y cócteles.

—Eso sí que son buenas noticias. ¡Alcohol gratis para todos! —bromeó Kike—. Ahora si, ¡brindemos!

Los cuatro alzaron sus jarras.

—¡Por el nuevo dueño del mejor local de la ciudad! —exclama Almudena.

—¡Y por la pareja más loca de la ribera del Manzanares! —añadió Daniel.

Mientras Daniel daba un largo trago a la

cerveza, una tímida voz de niña se alzó tras sus hombros.

—Perdona... em... *jijiji*... ¿E-eres Daniel Santos?

Al volverse, Daniel se topó con dos adolescentes con acné. Llevaban puesto unos pantalones demasiado cortos para su edad, y a una de ellas, la que había hablado, le brillaba la boca por la ortodoncia.

—*Sip*, ese soy yo.

En cuestión de segundos, las mejillas de las chicas adquirieron un tono rosáceo.

—¿Así que eres el nuevo entrenador del equipo de baloncesto?

—En realidad soy el entrenador del segundo equipo. —Daniel hizo un gesto con la mano para quitarse importancia—. En el primer equipo solo soy el asistente. Eric me tiene como su ojito derecho.

—Qué guapo eres. —La que todavía no había hablado tenía la voz aguda, y no se andaba por las ramas.

—*Jijiji*...

—Vaya, em... gracias —dijo Daniel por decir algo—. ¿Os puedo ayudar?

—La chica de voz estridente le dio un codazo a la de los *brackets*, que asintió nerviosa antes de tartamudear:

—¿N-nos podemos sacar una foto contigo?

—Por supuesto. Kike, haz el favor de sacarme una foto con mis dos amigas.

—*Jijiji...*

La chica que llevaba la voz cantante le dio su teléfono a Kike y después las dos posaron junto a Daniel con sendas sonrisas. Amplias y forzadas. Felices.

Saltaron varios *flashes.*

—He hecho varias para que podáis elegir la mejor —dijo Kike con amabilidad.

Daniel sonrió. Jamás lo reconocería, pero siempre había soñado con ser reconocido por la calle. ¿Llevarían esas chicas su foto pegada en la carpeta del colegio? A lo mejor una pequeña junto a la de Justin Bieber.

—No olvidéis etiquetarme en Instagram —dijo, y las mejillas pasaron del rosa coral al rojo intenso.

Las mujercitas se fueron dando saltos de alegría mientras se intercambiaban el móvil con la foto de Daniel en la pantalla. Cuando las perdió de vista, Daniel miró a Óscar, que esbozaba una sonrisa maquiavélica, y se temió lo peor: su amigo ya tenía una buena anécdota para contar en las próximas reuniones.

• • •

Estaban terminando la tercera ronda cuando Daniel miró su reloj y cabeceó.

—¡Qué tarde es! Tengo que irme, es la hora de comer.

—Sí, no llegues tarde, que el sargento te espera en casa —se burló Óscar.

—¿Me estás llamando *calzonazos*?

Daniel se incorporó para ponerse la chaqueta.

—Que va, *pichón*, está claro que eres tú el que lleva los pantalones en la relación.

—Nos vamos todos —añadió Almudena.

—Sí, mi comandante —respondió Óscar, y todos, incluido Daniel, se echaron a reír.

El sol había dado paso a oscuras nubes, y con ellas las primeras gotas de lluvia. De los cuatro amigos, Daniel era el único que no necesitaba coger el metro para llegar a casa. Empapado, introdujo la llave en la puerta principal y entró en el vestíbulo. En el tercer piso de ese edificio le esperaba su nueva vida. Una vida normal y sencilla, pero que le apasionaba.

—Hola, cariño —anunció sonriente.

Daniel no volvió a jugar un partido de baloncesto. Se conformaba con la *pachanga* del sábado a la mañana con los amigos. Amaba ese ratito.

Jamás pisó una cancha de la liga profesional, ninguna multitud coreó su nombre y nunca fue portada de ninguna revista. A cambio, su novia le despertaba cada mañana con un beso en la oreja, de esos que hacen el vacío.

No llegó a ganar bastante dinero como para tener un chalet con piscina o conducir un Mercedes. En lugar de eso, entrenaba a un equipo de tercera división y llevaba un bar que le daba lo justo para pagar el alquiler. Iba a trabajar en el coche de su hermano, que pasaba a recogerle cada día.

No volvió a negar a Ricardo ni ignoró más llamadas telefónicas. Después de cerrar el bar cada sábado por la noche, se encerraba con él en el almacén y disfrutaban de alguna de sus películas preferidas con dos pintas de cerveza y un enorme cuenco de palomitas.

No amanecía cada mañana fingiendo que su padre no existía. Una vez al mes, viajaba a Buitrago para recordar los últimos momentos que tuvieron juntos mientras vivía y, sobre todo, para asegurarse de que llevaba a cabo sus valiosos consejos.

Nunca más se miró al espejo deseando ser otra persona.

Daniel por fin recorría el camino en busca de la felicidad.

* * *

¿Quieres conocer a la inspectora Mónica Lago?

HAZ CLIC AQUÍ, o pasa la página...

Agradecimientos

A todos aquellos que creyeron en mí y en esta obra cuando solo era un «novato que escribe para pasar el rato».

A los que siguieron la concepción de la obra con entusiasmo, apoyándome en todo momento.

A quienes, de una forma u otra, ya fuera para bien o para mal, influyeron en mi vida. Esta novela guarda muchas vivencias personales que no habrían existido si no hubiera sido por ellos.

A aquellos que, una vez finalizada la obra, se prestaron a opinar y colaborar de la manera más crítica y sincera posible. No son conscientes de lo importantes que fueron. Parte del resultado final es gracias a ellos.

Y a ti, por confiar en esta novela y aguantar hasta el final. Espero que la hayas disfrutado.

GRACIAS.

* * *

Puedes encontrarme, entre otros sitios, en mi web de autor:

www.luisalbertosantamaria.com

La serie policiaca de Mónica Lago

0. La cicatriz de Mónica (precuela): El profesor Álvaro Montiel aparece muerto en el baño del instituto donde imparte clase. Dos puñaladas mortales. Sangre por todas partes... Y ningún testigo.

Para la inspectora Mónica Lago, este no es un caso cualquiera. Es su antiguo instituto. El lugar al que juró no volver jamás. Pero cuando el deber la obliga a regresar, lo que descubre es mucho más retorcido de lo que esperaba.

* * *

1. Entre bambalinas: Tras celebrar el final de la gira de teatro en la que está trabajando, Javier Conde despierta en el interior de un bodegón subterráneo empapelado con periódicos que llevan su imagen en primera plana. Está encadenado al suelo y tiene varios huesos rotos. Al escarbar entre sus recuerdos,

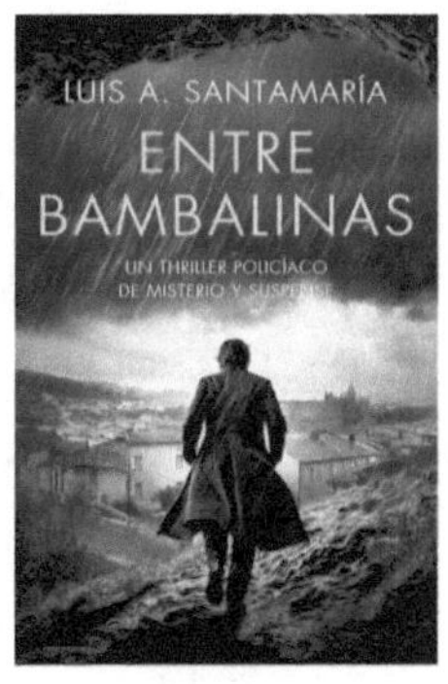

Conde, popular actor de teatro, descubre que el motivo de su secuestro está relacionado con la obra en la que actúa.

* * *

2. Entre líneas: La inspectora Mónica Lago recibe la extraña llamada de un afamado escritor inglés durante sus vacaciones. Minutos después, los informativos sorprenden con la noticia de que dicho hombre ha sido encontrado muerto en extrañas circunstancias. Intrigada por el suceso, y movida por su anhelo de ayudar a su compañero, el subinspector Rayco Medina, a encontrar a su hija desaparecida, Mónica viaja a Londres.

* * *

3. Entre viejos desconocidos: Echando la vista atrás, todo comenzó el día del atropello. Fue en el verano de 1999 cuando las vidas de Diego y su pandilla comenzaron a desmoronarse. Veintidós años después, Diego lleva una vida tranquila en la villa

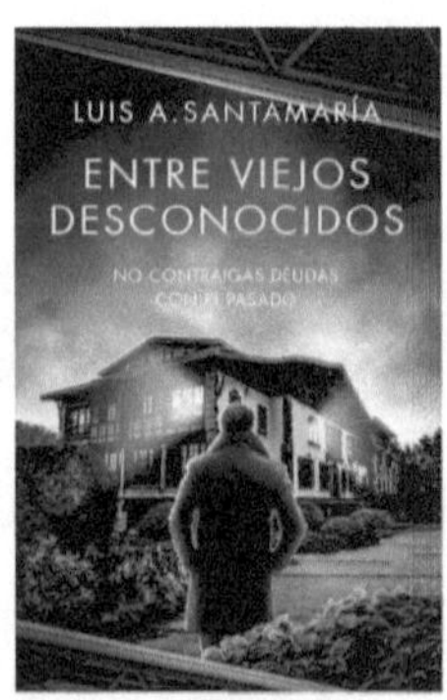

costera de Getxo, su ciudad natal. Una mañana, recibe dos paquetes anónimos: contienen un reproductor de CD y un compact disc. Entonces se da cuenta de que el pasado está de vuelta. Y quiere cobrar sus deudas.

* * *

4. Secretos entrelazados: John Everett, novelista venido a menos, recibe un encargo peculiar: escribir las memorias del magnate discográfico que catapultó la carrera de Sol Monroe, joven cantante superventas que fue encontrada muerta en la bañera de su suite durante su última gira. Para ello deberá viajar a la mansión del multimillonario en la gélida sierra de Gredos, Ávila.

5. Heridas abiertas: Cuando Yago Flores, el respetado inspector jefe de Homicidios, cae víctima de un enigmático atentado, Mónica se ve atrapada en una red de misterio y suspense psicológico que pone a prueba su tenacidad.

Un cadáver ha emergido en la Casa de Campo, lanzando a Mónica y su compañero Rayco Medina en una carrera contra el tiempo. La identidad de la joven muerta es un enigma; su historia, un laberinto de pistas crípticas y secretos que nadie quiere revelar.

* * *

6. Asuntos pendientes: Después de los eventos ocurridos en *Heridas Abiertas*, Mónica y un herido Rayco enfrentan un nuevo desafío: el asesinato de una ama de casa viuda desconcierta a los investigadores. Sin motivos aparentes, lo que parece un homicidio aislado revela ser parte de una red criminal… o un asunto familiar. Mónica y sus compañeros se verán atrapados en una trama peligrosa y profunda.

* * *

7. El precio del silencio: Alicia Toscano es la hija adolescente de la que cualquier padre se sentiría orgulloso: responsable, aplicada, querida por todos. Por eso, cuando una mañana su padre descubre que no ha dormido en casa, la alarma se dispara. Las

primeras teorías apuntan a una fuga voluntaria. Pero algo no encaja. Ni para su familia, ni para la policía. Y cuanto más tiempo pasa, más crecen las sombras.

La trilogía de Margot Lane (Precuela de Mónica Lago)

1. Margot: En 1983, Megan Anderson, la hermana de Neil, desapareció sin dejar rastro. Días más tarde, George Anderson, padre de ambos, fue acuchillado a la sombra de un callejón de los barrios bajos de Nueva York mientras buscaba a Megan. Neil siempre ha creído que los dos sucesos estaban relacionados.

Unos meses después, cuando ya es corredor de bolsa en un fondo de inversión de Wall Street, Neil recibe un paquete que lo llevará al borde del precipicio. Es la pista que estaba esperando para intentar atar todos los cabos sueltos del pasado, aunque para ello se verá obligado a ser partícipe de la desaparición de Margot Lane, una niña londinense que guarda un poderoso secreto.

* * *

2. Huida: Neil Anderson, después de escapar de la mansión de Califa junto con la ayuda de Christian Scott, se embarca en un viaje a Escocia en busca de su hermana desaparecida. Sin embargo, descubre que su situación es mucho más peligrosa de lo que imaginaba.

Perseguidos por Venus, la asesina predilecta de Califa, Neil y Christian se convierten en blancos de su implacable caza. A medida que intentan eludirla, también deben evadir a la Scotland Yard, que los considera sospechosos de secuestro y posible asesinato.

3. Abismo: En las sombrías tierras de Escocia e Inglaterra, un oscuro secreto desencadena una implacable cacería. El destino de la joven Margot, atrapada en la telaraña de los asesinos de Califa, pende de un hilo. Determinados a rescatarla, Neil Anderson y Christian Scott emprenden una persecución suicida sin saber que al final del camino les aguarda una verdad inesperada. Un abismo de misterio y engaño se despliega ante ellos, obligándolos a enfrentar no solo a sus enemigos, sino también a sus propios demonios internos.

La serie de misterio de Toni Galán

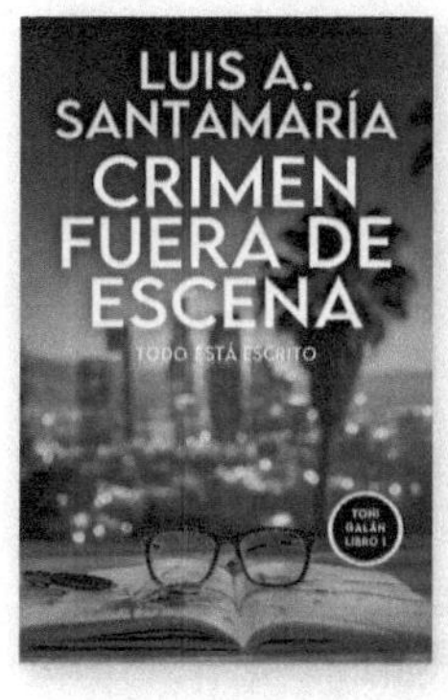

1. Crimen fuera de escena: El primer gran logro de Toni Galán en Los Ángeles parece perfecto: es guionista de una exitosa serie de televisión. Pero cuando una mujer aparece muerta, todo cambia. Los detalles del crimen parecen sacados directamente de sus guiones, y Toni se convierte en el principal sospechoso.

Mientras la policía lo vigila de cerca y su carrera pende de un hilo, Toni debe sumergirse en un mundo de mentiras y traiciones que pensaba conocer. Con aliados inesperados y una enfermedad que complica aún más las cosas, deberá encontrar al asesino antes de que sus ficciones se conviertan en su realidad definitiva.

* * *

2. La última noche de Anne Miller: Toni Galán solía ser un guionista prometedor en Hollywood. Ahora es un investigador privado en Nueva York, lidiando con los restos de una carrera que dejó atrás y las secuelas físicas de su enfermedad.

La primera gran oportunidad de Toni como investigador le viene de Sarah Campbell, una actriz retirada y socialité de los noventa. Su marido, Joshua Miller, viejo icono del cine de acción, ha desaparecido sin dejar rastro. La oferta es tentadora: discreción, dinero y una promesa de conexiones con la élite de Manhattan. Sin embargo, lo que comienza como un caso más, pronto se transforma en un juego mortal en un mundo sin piedad que Toni no conoce en absoluto.

* * *

3. Juegos peligrosos: Un joven millonario neoyorquino se esfuma tras una noche de fiesta. Sus amigos asumen que está en otro de sus caprichos. Su familia, acostumbrada a sus excesos, no mueve un dedo. Y la policía, con una historia de infidelidad y billetes de avión, archiva el caso sin más.

Solo una persona se niega a aceptar esa versión: su novia, embarazada y convencida de que algo mucho más oscuro se esconde tras esa desaparición.

La trilogía de Oli

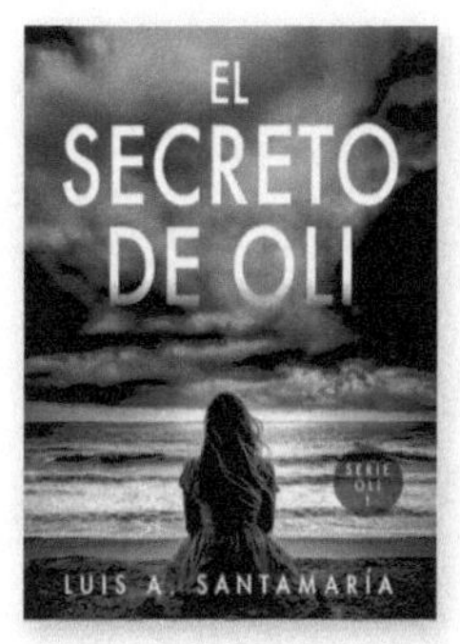

1. El secreto de Oli: Oli, un entrometido niño de diez años, descubre que una enfermedad letal amenaza la vida de su madre. Inmediatamente construye en su peculiar imaginación un plan para salvar a su familia. Para ello cuenta con la ayuda del 'Yayo', sarcástico cirujano retirado, conocido por los inmorales tratos utilizados con sus discípulos y que tiene buenas razones para no preocuparse por las consecuencias del mañana.

* * *

2. El aleteo de la mariposa: Cierto día del verano de 2006, cuando el pequeño Oli se atrevió a husmear en los resultados médicos de sus padres, una mariposa cualquiera apareció de la nada, y, sin ningún motivo aparente, batió sus alas.

Ese otoño, en Oxford, un solitario agente de policía es atracado mientras dormía, la misma noche que se produce un sangriento asesinato en la otra punta de la ciudad.

* * *

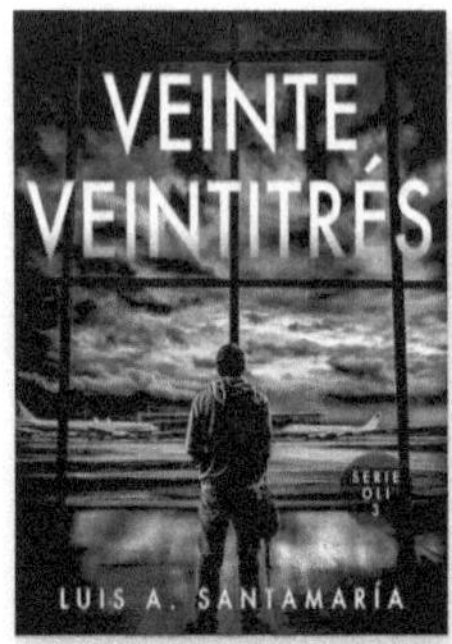

3. Veinte veintitrés: Algunos de los empresarios más poderosos controlan de forma asfixiante la vida de los ciudadanos. Óliver es una víctima del nuevo sistema: debido a su pasado revolucionario, se le ha prohibido regresar a España desde Berlín. Todo cambia cuando, el día de su veintisiete cumpleaños, recibe de forma anónima la última fotografía de una misteriosa serie de cinco Polaroids. Cuando descubre que las fotografías son enviadas desde Ámbar, Óliver acepta el desafío de burlar la seguridad fronteriza para volver a su hogar y poner fin al gran misterio de su vida.

Otros títulos

No puedes ser tú: Hace veinticinco años, Moisés Pascual casi lo perdió todo: su carrera, su matrimonio y su cordura. La operación para desmantelar una red de narcotráfico en Madrid salió mal. Desde entonces, intenta dejar atrás el pasado en Positano, donde disfruta de una jubilación tranquila junto a su esposa, Adelina. A pesar de todo, nunca ha podido olvidar a Gaspard Lefebvre, el capo del narco gallego que le arruinó la vida. Y luego está ella.

De regreso a casa, Moisés ve de reojo a una mujer que le recuerda a alguien... ¿O es ese alguien? Si no lo es, el parecido con la fotografía de cómo sería ahora que guarda celosamente en su ordenador, fuera del alcance de su mujer, es realmente asombroso. Quizá los ojos puedan engañarlo, pero no el pálpito del corazón: ¿Nathalie Lefebvre está viva? Imposible: la asesinaron aquel aciago verano de 1999... O no.

* * *

Mensajes ocultos: Carlos es un perdedor. El contenido de su ordenador tiene más importancia que lo que le espera ahí fuera: un trabajo asfixiante y soledad, mucha soledad. Su escaso tiempo libre lo dedica a navegar por internet y fantasear con Nora, una guitarrista adolescente que anhela hacerse un hueco en el mundo de la música. Esta relación virtual es lo único que lo disuade de coger la cuchilla y acabar con todo.

Una noche, Carlos recibe un enigmático mensaje de Nora camuflado en una canción de los años sesenta. Al descubrir que se trata de una petición de socorro, se obsesiona y escudriña cada vídeo de la cantante en busca de otros mensajes ocultos. Es entonces cuando su mundo se resquebraja y los fantasmas de su pasado más oscuro salen a la luz.

* * *

Reflejos en el espejo: Daniel Santos es un joven que no ve más que la parte negativa de las cosas. Se empeña en rechazar cualquier muestra de apoyo y cariño, ya sea por parte de su familia, de sus amigos, e incluso de Sofía, una bella muchacha que hará cualquier cosa para llamar su atención. Todo cambia cuando un extraño accidente provoca en él una metamorfosis que le hará descubrir los secretos de la felicidad a un alto precio.

Acerca del Autor

En septiembre de 1985, nací en España. Treinta y seis años después gané el Premio Literario Amazon Storyteller con la novela *Entre líneas*. Desconozco si llegarán más premios, pero no me importa demasiado mientras me lo pase en grande poniendo en apuros a mis protagonistas desde mi escritorio con vistas a la sierra de Madrid. Siempre que nuevas ideas sigan haciendo cola en mi cabeza clamando por salir, seguiré haciendo lo que más me apasiona.

Vivo con Silvia, mi mujer, la verdadera artífice de las mejores ideas pero demasiado humilde para admitirlo públicamente, y Yoda, mi perezoso perro mestizo que se asegura de que su dueño no procrastine.

En 2025 me estrené en el mudo editorial
con la novela *No puedes ser tú*, publicada por
Planeta Espasa.

www.luisalbertosantamaria.com

www.ingramcontent.com/pod-product-compliance
Lightning Source LLC
LaVergne TN
LVHW042345190726
843493LV00005B/926